「おはよ、
俺たちは同時に振り返る。
噂をすれば何とやら、というやつか。
件の本堂さんがひらひらと
手を振っていた。
灰原くんの強くて
青春
ニューゲーム

凛とした雰囲気の
美少女で陽花里の
幼馴染（保護者）
七瀬　唯乃
▶ななせ　ゆいの
1周目の夏希が
片思いしていた
学園のアイドル的
美少女
星宮　陽花里
▶ほしみや　ひかり
高校一年の夏休み——
初めての旅行は海で決まり!

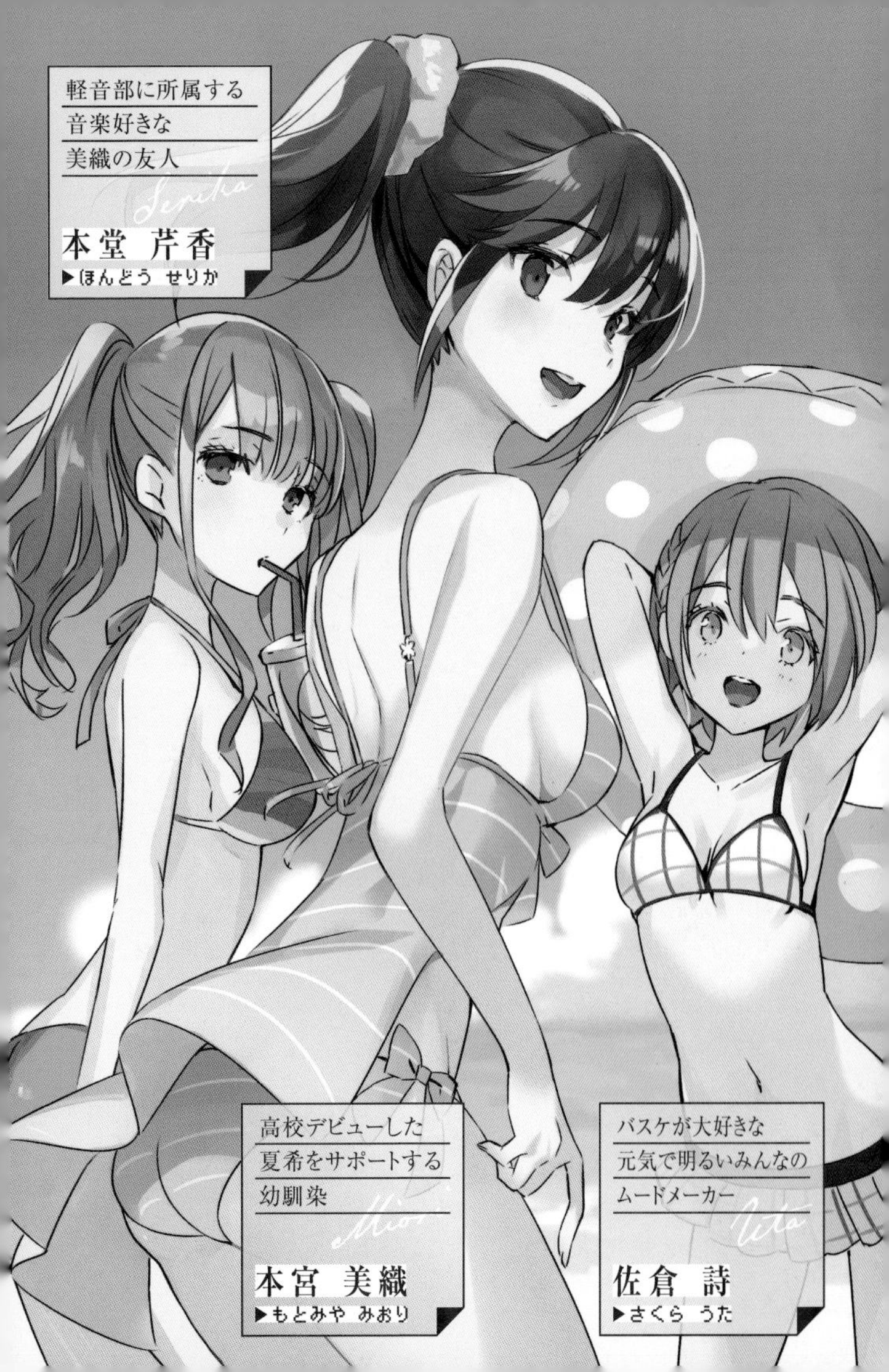
軽音部に所属する
音楽好きな
美織の友人
本堂 芹香
▶ほんどう せりか
高校デビューした
夏希をサポートする
幼馴染
本宮 美織
▶もとみや みおり
バスケが大好きな
元気で明るいみんなの
ムードメーカー
佐倉 詩
▶さくら うた

「……な、夏希くん!?」
静かな店内に、素っ頓狂な叫び声が響いた。

灰原くんの
強くて青春ニューゲーム3

雨宮和希

HJ文庫
1041

口絵・本文イラスト　吟

▶contents

▼序章　月が見える夜に

防波《ぼうは》堤《てい》の上に少年たちは座《すわ》っていた。

視線の先には、夜の暗がりに覆《おお》われた海。

昼間はたくさんの人で賑《にぎ》わう砂浜《すなはま》に、今は誰《だれ》もいない。

世界は静けさに包まれ、唯一《ゆいいつ》聞こえるのは、さざ波の音だけだった。

水平線の向こう、雲一つない夜空には満月が浮《う》かんでいる。

淡《あわ》い月の光が夜の海を照らし出している。

砂浜まで白い光の道が作り出されていて、幻想的《げんそうてき》な景色だった。

生温《なまぬる》い潮風が吹《ふ》き抜《ぬ》け、隣《となり》に座る少女の長い髪《かみ》が少年の頬《ほお》をくすぐる。

ふと、少女に目をやると、宝石のように透《す》き通る瞳《ひとみ》が少年の顔を映していた。

「意外と、涼《すず》しいね」

「日も出てないし、風があるからな」

「潮風だから、あんまり浴びてるとべたべたするかも」

少女はそう言って、くすりと笑った。

「なぁ、俺《おれ》は……君の力になれたのかな？」

少年が尋《たず》ねると、少女は微笑《ほほえ》みながら頷《うなず》いた。

「もちろん。君がいなかったら、わたしは何もできなかった」

「それなら、よかった」

「……ねぇ」

安堵《あんど》する少年に、少女は透き通るような声で、ささやいた。


「月が、綺麗《きれい》ですね」


その言葉が何を意味するのか、少年は理解していた。

月を仰《あお》いでいる少女を見つめながら、少年は大きく息を吸う。

そして足りない頭をフル回転させ、少女が喜びそうな表現を捻《ひね》りだした。


「……君と一緒《いっしょ》に、見ているからだろうな」

少年の言葉を聞いて、少女は笑った。

――花が咲《さ》くように。

▼第一章　最高の夏を目指して

「あちぃ……」

茹《ゆ》だるような熱気が、下校中の俺たちを襲《おそ》っていた。

七月中旬《ちゆうじゆん》。夏真《ま》っ盛《さか》りの気候。三十二度を超《こ》える猛暑《もうしよ》で、体に火がつくようだ。

ただ歩いているだけなのに、体力がおそろしい勢いで消耗《しようもう》していく。

「最悪の夏ね……」

隣を歩く七瀬《ななせ》が死にそうな顔で呟《つぶや》いている。

まあ、この暑さじゃなぁ……気象庁によると、例年を超える猛暑になるらしい。特に群馬は山に囲まれた地形上、フェーン現象だか何だかで暑くなりやすいとか。

「……七瀬、大丈夫《だいじようぶ》か？　顔色なんか青いぞ？」

「……少し、休憩《きゆうけい》してもいいかしら？」

七瀬が道沿いの自販機《じはんき》を指差したので、「もちろん」と頷く。

俺はアイスコーヒー、七瀬はよほど喉《のど》が渇《かわ》いていたのか、スポドリを購入《こうにゆう》した。

七瀬はごくごくとスポドリを飲んでから、はあと息を吐《は》く。

「生き返るわね……」

「本当に大丈夫か？　熱中症《ねっちゅうしょう》じゃないだろうな」

「そこまで心配するほどじゃないわ。少し、脱水症状《だっすいしょうじょう》気味だったけれど」

ここは学校から駅に続いている川沿いの道の途中《とちゅう》にある、ちょっとした休憩所《きゅうけいじょ》だ。

自販機三台と、ベンチが二基。ちょうど木陰《こかげ》になっていて、さっきよりも幾分《いくぶん》か涼しく感じる。普段《ふだん》はうちの生徒の溜《た》まり場《ば》と化しているが、今日は幸いにも誰もいなかった。

「バイトはできるのか？　無理はするなよ」

「そうね……ごめんなさい、期末テストの勉強で寝不足《ねぶそく》が続いていたから」

七瀬はやはり調子がよろしくないのか、少し疲《つか》れたような声音《こわね》だ。

「少し休めば、回復すると思うわ」

その言葉を聞いても、心配は捨てきれない。

七瀬は体が強い方じゃない。風邪《かぜ》で休んだことも何度かあった。

「……心配性《しんぱいしょう》ね、灰原《はいばら》くんは」

ふっ、と気を抜いたように七瀬は笑った。

……は？　何その笑顔《えがお》？？？　完璧《かんぺき》に可愛《かわい》いんだが？

今日も俺の七瀬が推《お》せる……。

「灰原くんは、期末テストどうだったの？」

俺が限界オタク化していることを知らない七瀬が、そんなことを尋ねてくる。

休憩中の暇《ひま》を潰《つぶ》すための雑談か。顔色も良くなってきたし、本当に大丈夫っぽいな。

「んー、まあ悪くはなかったな」

それはさておき、期末テストが終わったのはつい先週の出来事だ。

今はテスト返しがおおむね終わった段階で、結果や順位はまだ公表されていない。

すべての結果が分かるのは二、三日後だろうな。

「……何それ。過度な謙遜《けんそん》は不興を買うわよ。主に私の」

「七瀬のかよ。別に、素直《すなお》な感想だって」

唇《くちびる》を尖《とが》らせて文句を言う七瀬に、苦笑《くしょう》して肩《かた》をすくめる。

「強《し》いて言うなら、英語がちょっと低かったな」

「……何点だったのかしら？　言いたくないなら、言わなくてもいいけれど」

俺のプライバシーを気遣《きづか》いながらも、気になると態度で示す七瀬。

まあ俺はテストの点数を隠《かく》すタイプじゃないので、素直に答えることにした。

「八十九点」

「……それで低いって、私の方が低いのだけれど？」

むぅ、と七瀬の視線の温度がさらに下がる。ちょっと拗《す》ねてるの可愛い。

ははは、と俺は何とも言えずに愛想笑《あいそわら》いで誤魔化《ごまか》しておく。

こういう時、どう返すのが正解なんだ？

持ち上げられることが多い最近の悩《なや》みだが、ひとまず無難な問いかけをしてみる。

「七瀬は英語、苦手なのか？」

「どちらかと言えば、得意だけれど？」

俺はトークに失敗した。無難とは何だったのか。

そっぽを向きながら答える七瀬の機嫌《きげん》を直すため、リュックからお菓子《かし》を取り出す。

「そう拗ねるなって。ほら、これやるから」

コンビニで買ったクッキーをちらつかせると、七瀬は呆《あき》れたように言う。

「……別に、拗ねてないわ。小学生じゃないのだから、お菓子で靡《なび》くと思わないで」

そうは言いながらも、ちゃんと俺の手から奪《うば》ったクッキーを食べる七瀬。

小さな口で少しずつ食べる姿は、何だかリスを思わせた。

うーん、今日も七瀬が推せるな……。

七瀬はこう見えて結構、お菓子が好きだ。バイト中の休憩時によく食べている。

俺の見立てだと、特にチョコやクッキーがお気に入りっぽい。

「私が太ったら、どう責任を取る気かしら？」

今日の七瀬は何だか攻撃的《こうげきてき》だ。

不満そうに睨《にら》んでくるので、俺は真摯《しんし》に返答する。

「その時はダイエットに付き合うよ。大丈夫、運動すれば絶対に痩《や》せる！」

「なぜか、異様な説得力を感じるわね……」

そりゃ経験談だからな。毎日継続的《けいぞくてき》に運動をすれば、何とかなるものだ。でも俺みたいに無茶《むちゃ》なダイエットスケジュールを組むのはやめた方がいい。死にかけるので。

「そもそも七瀬は、むしろ痩せすぎだろ。ちょっとぐらい太ってもいい」

俺が軽い気持ちで言うと、七瀬は複雑そうな顔で呟く。

「……見えないところにつくのよ。脂肪《しぼう》が」

そういうものか。

ふと、俺の視線が七瀬の胸部に向く。深い意味はないが。

「……灰原くん？」

問いかけを受けて視線を上げると、至近距離《きょり》で七瀬と目が合った。

ベンチの隣に座っているから、お互《たが》いに顔を向け合うと距離が近い。

心なしか、七瀬の顔が少し紅潮していた。

「よ、よーし。そろそろ行くか。バイトの時間だ！」

「……」

露骨《ろこつ》に話を逸《そ》らして立ち上がった俺を、七瀬は不満げな目で睨んでいたが、やがてため息をついて立ち上がった。逃《に》げるように歩き出した俺の隣に、小走りで並んでくる。

「そういえば、久しぶりのバイトね」

「七瀬は一週間ぶりぐらいか？　俺はちょくちょくシフト入れてたけど」

テストの時期は学生バイトが足りなくなってマスターが困っていたので、高校生活二周目の恩恵《おんけい》でそこまで勉強する必要のない俺がシフトに入ることにしたのだ。

とはいえ、流石《さすが》に普段よりは減らしてもらったけど。

そのおかげで、今回も学年一位を取ることができそうだ。

「テスト期間ぐらいはちゃんと勉強しないと、親に怒《おこ》られるのよ」

「あー、そうだよなぁ」

愚痴《ぐち》るように言う七瀬に、俺はうんうんと頷く。

俺の母さんも昔は「勉強しなさい！」とギャーギャーうるさかったものだ。

漫画《まんが》読んだりラノベ読んだりゲームしたりと忙《いそが》しい俺は全力でスルーしていたが。

なお二周目の今は、中間テストで学年一位の効果か、特に何も言ってこない。

「私も学年一位を取れば、親は何も言わなくなるかしら」

「どうだろうなぁ。でも、意外だな。七瀬って親に怒られたりするのか」

親が怒るまでもなく、きちんと勉強していそうなものだが。

「……テスト期間にゲームをしていたら、親に取り上げられるわ」

七瀬が恥《は》ずかしそうな顔でそう呟く。

そもそも七瀬ってゲームするんだ……。

「普段からうるさいのよ。ゲームは一日一時間までって」

……何というか、まるで小学生を相手にしているような対応だな。

これを口に出すとまた七瀬の機嫌を損《そこ》ねそうなので、無難にトークを続ける。

「七瀬って何のゲームやるんだ？」

「基本的には、音ゲーかしら。ＲＰＧも好きだけれど」

七瀬は俺でも知っている有名な音ゲーのタイトルをいくつか挙げる。

家にいる時や通学の電車でよくプレイしているらしい。

「灰原くんは？　歌が上手《うま》い貴方《あなた》なら、得意そうに見えるけれど」

「やったことないなぁ。ゲーム自体は結構好きなんだけどさ」

物語が好きなオタクなので、中高生の頃《ころ》はＲＰＧばかりプレイしていた。

大学生の頃はＦＰＳにハマったりもしたが、音ゲーには手を出さなかったな。

「でも、リズム感なら自信あるぞ」

「ちょっとやってみましょうよ。バイト終わりに教えてあげるから」

七瀬がそう言うなら、断る理由もない。

俺が頷くと、七瀬は嬉《うれ》しそうに微笑《びしょう》した。

「ふふ、楽しみね」

そんな雑談をしながら、バイト先の喫茶《きっさ》マレスへと歩みを進める。

春は鮮《あざ》やかな花びらが舞《ま》い踊《おど》っていた桜並木が、今はすっかり緑に覆われていた。

季節は移り替《か》わっていく。

二周目の高校生活でも、一周目と同じように。

春が過ぎ、梅雨《つゆ》を経て、季節は夏真っ盛り。

蝉《せみ》の鳴き声がＢＧＭとなり、燦々《さんさん》と輝《かがや》く太陽が俺たちを照らす。

じっとりと首元に滲《にじ》み出した汗《あせ》を、タオルで拭《ぬぐ》った。

——期末テストが終わり、夏休みまで後一週間だった。

＊

「ではでは、赤点回避《かいひ》を祝して、かんぱーい！」

詩《うた》は機嫌良さそうに、コーラがなみなみと注がれたグラスを掲《かか》げる。

午後八時頃の喫茶マレスだった。

バイト中の俺と七瀬を訪ねてきたのは、部活終わりの詩、怜太《れいた》、竜也《たつや》の三人。

テストの結果が良かったので、そのお祝い会を開いている。

「いや、赤点回避って……普通《ふつう》にテスト終わりの打ち上げでよくない？」

怜太は苦笑して肩をすくめている。

「赤点回避なんて、祝うようなことではないでしょう？」

七瀬もくすりと笑って、詩をからかう。

「う、うるさーい！　あたしたちにとっては死活問題なんだよ！　ね⁉　タツ！」

詩は頬を膨《ふく》らませて反論してから、隣に座る竜也の肩を揺《ゆ》らす。

「うるせえのはお前だ。後、一緒にするな。今回の俺はお前ほどギリギリじゃねえ」

がくがくと詩に揺らされながらも面倒臭《めんどうくさ》そうに答える竜也。

確かに、今回の竜也の成績は悪くなかった。おそらく平均五十点前後はある。前回と比《ひ》較《かく》するとすごい進歩だ。ほぼ全教科赤点ギリギリの詩とは比べものにならない。

「むぅ……それは、実際そうだよね。あたしのこと、裏切ったんだね」

「お前が成長してないだけだろ。俺はコツコツ勉強するってことを学んだんだよ」

「タツがらしくないこと言ってる⁉　ちょっと⁉　どうしちゃったの⁉」

焦《あせ》る詩に対して、微妙《びみょう》にドヤ顔の竜也。

「まあコツコツ勉強してその程度なのも、それはそれでどうかと思うけどね」

そして怜太のシンプルな暴言を受けて、竜也は頭を抱《かか》えた。

「……その言葉のナイフ、切れ味よすぎないか？」

「ごめんごめん。なんか自慢《じまん》げだからムカついちゃって」

怜太はいつも通りにこにこしながら、そう告げる。

あの、怜太さん？　ちょっと怖《こわ》いよ？

頭を抱えている竜也が可哀想《かわいそう》になってきたので、その肩に手を乗せる。

「そう落《お》ち込《こ》むなって。前回よりはるかに点数上がってるじゃん」

「お前にだけは励《はげ》まされたくねえ。どうせ学年一位だろ」

竜也にじろりと睨みつけられ、肩に乗せた手を弾《はじ》かれる俺。げ、解せぬ。

「夏希《なつき》の言う通りだよ。今回は竜也、頑張《がんば》ったね」

怜太は前言を撤回《てっかい》するようにそう言った。

竜也は仏頂面《ぶっちょうづら》で「……そうかよ」と返すが、ちょっと嬉しそうだ。

自分が竜也を落ち込ませたくせに、さらっとその言葉を覆《くつがえ》して、励ましている。

怜太がよくやる手法だ。何というか、女の子にモテる理由が分かる。

「そういう白鳥《しらとり》くんはどうだったのかしら？」

「いつも通りだよ。多分、七瀬さんよりは低いかな」

怜太は自分のバッグからクリアファイルを取り出す。

中身は返却《へんきゃく》されたテスト用紙の束だった。

ざっと点数を計算しているが、平均して八十点前後といったところか。

「ふふ、白鳥くんには勝ったわ。嬉しい」

七瀬は俺の服の裾《すそ》を引っ張って、笑顔を見せてくる。

え、何その仕草。なんで俺に嬉しさを表現してきたの？

……いや、可愛すぎるだろ？？？

七瀬はもう少し自分の顔の良さを自覚してほしい。

顔が良い女の子が好き、とよく語る七瀬だが、貴方もそのひとりなんですよ！

「はいはい、良かったな」

ほんわかした気持ちになってそう答えると、七瀬は眉《まゆ》をひそめた。

「良くないわ。灰原くんには負けてるもの」

いや、どういう反応が正解なんだよ。

ちょっと拗ねた素振《そぶ》りを見せた七瀬は、小さく笑う。

「ごめんなさい。最近、灰原くんを困らせるのが面白《おもしろ》くて」

「……はいはい、そうですか」

もう好きにしてください。俺は七瀬が楽しそうなら何でもいいよ。

それから、テスト周りの雑談を続ける俺たち。

数学が難しかったとか、世界史が異様に簡単だったとか、物理のあの問題の解き方が分からないとか、英語の先生の性格が悪すぎるとか、話題には事欠かない。

とはいえ、俺と七瀬はバイト中だ。

この時間の客が少ないとはいえ、長時間サボっていたら店長に怒られる。

「それじゃ、ゆっくりしていってくれ。もう少しでバイト終わるから」

「はーい！　あたしたちもそろそろ帰るけどね！」

雑談はそこそこに止《とど》めて、俺たちは業務に戻《もど》った。

最近は定期的に、あの三人が部活終わりに喫茶マレスを訪ねてくる。

だいたいは俺と七瀬が共にシフトに入っている日だ。

この時間帯なら、多少は相手にする暇もある。夕飯時を抜けて客が減るからな。

「……そういえば、星宮《ほしみや》は？　やっぱり門限が厳しいのか？」

そう尋ねると、近くの掃除《そうじ》をしていた七瀬が反応する。

「あの子の親は融通《ゆうずう》が利《き》かないから。この時間は無理でしょうね」

「……なるほどなぁ」

七瀬は星宮の親をよく知っているような雰囲気《ふんいき》だ。

星宮と同じ中学で昔から仲が良かったみたいだし、当然なのかもしれない。

星宮の家庭環境《かんきょう》について聞いてみたい気持ちはあるが、不躾《ぶしつけ》な質問は躊躇《ためら》われる。

「陽花里《ひかり》がいてくれた方が良かったの？」

からかうような七瀬の問いに、肩をすくめた。

「いや、単にせっかくならみんな揃《そろ》った方が楽しいよなと思って」

最近は七瀬や怜太のからかいに動揺《どうよう》せず、受け答えできるようになってきた。

話しかけられる度にキョドっていた昔の俺とは大違《おおちが》いだ。これは成長じゃないか？

まあ、今のは単に本心を答えただけなんだけど。

……星宮ともっと一緒にいたいだけ、という気持ちもあるが。

「そうね。陽花里も私たちが夜に集まっていると、羨《うらや》ましそうにするから」

「よくＲＩＮＥで喚《わめ》いてるよな。わたしも行きたいって」

この六人のグループチャットを思い出しながら言うと、七瀬は掃除の手を止めた。

それから詩たちが雑談するテーブルの方を眺《なが》めて、ぽつりと呟く。

「……もう少し、どうにかしてあげたいとは思うのだけれど」

「……星宮の話か？」

七瀬は俺の問いに頷いて、話を続ける。

「まあ門限については仕方ないとは思うけれど、それ以外にも、ああ見えて陽花里はいろいろと行動を縛《しば》られているから。あの子のお父さんは、ちょっと厳しすぎるのよ」

七瀬には珍《めずら》しい愚痴のような台詞《せりふ》だった。

星宮の昔馴染《むかしなじ》みである七瀬のことだ。相談を受けたこともあるのだろう。

「……何となく、そんな感じなのかなって気はしてたけど」

「相当頑固《がんこ》な性格なのよ。陽花里の意見なんて聞いてくれないわ」

七瀬は記憶《きおく》を掘《ほ》り起こしているのか窓の外を眺めながら、ため息をつく。

……難しい問題だ。他人の家庭環境に口は出せない。

教育方針が厳しいからと言って、それが間違《まちが》いだと言えるわけでもない。

星宮の友達でしかない俺たちには、どうしようもない。……そもそも、どうにかしてほしいと星宮が思っているとも限らず、問題と言えるのかどうかも分からない。

――ただ、ひとつ気になる点があった。

「もしかして星宮って、みんなで旅行とかは難しいのか？」

後一週間で夏休みが訪《おとず》れる。待望の長期休暇《きゅうか》だ。

具体的には決まっていないが、みんなで遊びに行こうって話にはなっている。

最近は期末テストの話ばかりだったが、そろそろ夏休みの計画を練る必要があるな。

何にせよ、俺にとっては大事な青春イベントのひとつ。

そこに星宮が参加できないとなると……俺はめちゃくちゃ悲しい。

星宮自身は、「海に行きたい」と言っていたんだけど。

「うーん……陽花里は参加したいだろうけれど、何とも言えないわね。日帰りの小旅行ならともかく、灰原くんたちの話だと、多分泊《と》まりを想定しているのでしょう？」

「まあ……そうだな。具体的には何も決まっていないけど」

「男女混合で泊まりの旅行となると、ちょっと厳しいかもしれないわね。私も一緒だから大丈夫と説得できればいいのだけれど。あの子の親が、どう思うかよね」

「そうなのか……」

まあ星宮はあれだけ可愛い女の子だ。

変な男に絡《から》まれる可能性も高いだろうし、親が心配するのも仕方ない。

ひとりで夜道を歩かせることすら俺には躊躇われる。

俺の親も、妹にはちょっと過保護気味だ。俺は親に何かを縛られるようなことはほとんどなかったが、やはり男子と女子では抱えるリスクが違《ちが》うという問題もある。

「結局のところ、本人に聞いてみないと分からないわ。まずは計画を立てないとね」

七瀬はそう言って話をまとめた。確かに、その通りだ。今の段階から気にするようなことじゃない。それに星宮が行けなくなったとしても……仕方のないことだろう。

……俺は一緒に行きたいけど、それは俺の望みでしかない。

「俺もいくつか候補を考えてみるよ」

星宮のことがなくても、お金とか、時間とか、場所とか、問題はいろいろある。

みんなに相談する前に、とりあえず美織《みおり》の意見を聞いてみようと思った。

＊

家に帰った俺は、シャワーを浴びて自分の部屋に入る。

夕食は喫茶マレスのまかないで済ませてきた。

後はもう寝《ね》るだけの状態で、美織に『今、大丈夫か？』とチャットを送る。

それから数分待つが、既読《きどく》はつかない。

もう寝ちゃったかなぁ……と思ったタイミングで、着信音が鳴った。

「おー、まだ起きてたか」

『ちょうどお風呂《ふろ》に入ってただけ。何か用？』

「夏休みの計画のことでちょっと相談したいと思ってな」

最近、美織とのやり取りは電話が多い。少し前までは近くの公園で話すことが多かったのだが、もう時期的に暑いし、毎度夜に出歩くのは美織の親が心配するらしい。

『あー、海や山に行きたいとかそういう話だったっけ？』

「そうそう。今のところ海で一泊《ぱく》って方向性で考えてるんだけど」

星宮が海に行きたいなと言っていたこともあるし、やはり夏と言えば海の印象が最初に来ることもある。みんなの意見を聞いた時も、山より海派が多かったからな。

『……詩とか陽花里ちゃんの水着を見たいだけじゃないの？』

「べ、別にそんなことは……ないぞ」

『なんか今、返答にちょっと間があったね？』

「うるさいな。余計なことに気づくな」

そういうことを一瞬《いっしゅん》でも考えなかったかと聞かれたら嘘《うそ》になる。そりゃ見たいか見たくないかと言われたら、普通に見たいに決まっている。あと七瀬の水着も見たいぞ！

普通にキモい俺の思考を見抜《みぬ》いているのか、美織はふふっと微笑した。

『ふーん。やっぱりあなたも男の子なんだね？』

「ええい、うるさい。もちろん海で遊びたい方がメインだよ」

『ちなみに私は、お風呂上がりで下着姿なんだけど。ちょっと暑くて』

「……余計な情報を追加するな」

ちょっと想像しちゃうだろ！　それが美織の狙《ねら》いなんだろうけど。

幼馴染《おさななじみ》の美織で変な想像なんてしない……と断言できれば、どんなに良かったか。

異性として意識しないようにするには、今の美織は美人すぎる。

もちろん本人にそんなことは言わないけど。どうせ調子に乗るだろうから。

『てか、やっぱり泊まりなんだ？』

俺を動揺させておきながら、美織は平然と話を続ける。

「群馬から海に行くってなると、移動だけで時間かかるからなぁ」

存分に楽しむなら一泊した方が良いと思う。日帰りだと時間に余裕《よゆう》がない。

『その通りだと思うけど、結構お金かかっちゃうよねぇ』

「俺と七瀬はバイトしてるから大丈夫だけど、問題は部活組だな」

『詩は家のお好み焼き屋のお手伝いで、割とお小遣《こづか》いはもらってるみたいだよ』

「お、そうなのか。じゃあ問題は……竜也だろうな」

怜太はコツコツ貯金していると言っていたし、問題なさそうだ。

だが竜也は、いつも金欠で唸《うな》っている。よくコンビニで買い食いするせいだろうな。

「一泊ならギリ何とかなるか？」

安いホテルに泊まれば、一万円前後だろう。

そして交通費で数千円……いや、これはそもそも、どこの海に行くかにもよるな。

現地で使う遊び代もある。甘《あま》く見積もっても二、三万円はかかるだろうな。

うーむ、お金の問題は常に頭が痛い。

俺としても、バイトか講義の二択《たく》だった大学生の時は懐《ふところ》に余裕があったが、今はそこまでお金があるわけじゃない。地味にまだバイトを始めて三か月も経《た》ってないし。

『二泊は難しいだろうね。日程的にも、三日空けるのは難しいし』

「確かに、みんな部活あるからなぁ」

俺と七瀬はバイトのシフトを調整すればいいだけだが、詩と怜太と竜也は部活を休むわけにはいかないだろう。星宮の部活は、長期休暇中は自由参加のようなので気にしなくてもよさそうだ。何にせよ、みんなの部活が休みの時に計画する必要がある。

『まあお盆休《ぼんやす》みとか、予定が空くタイミングはあると思うよ。女バスはこんな感じ』

美織からＲＩＮＥで画像が送られてくる。

それは女バスの夏休みのスケジュールが記載《きさい》されたプリントだった。確かに、定期的に休みの日もあるみたいだな。ただ、結構びっしりと練習や試合で埋《う》まっている。

『それより、まずは場所じゃない？　まあ、みんなで相談しながら決めればいいとは思うけど、夏希がある程度候補を絞《しぼ》った方がいいよね。一番暇なんだし』

「やかましい。俺にはバイトと筋トレがあるんだよ」

『ふーん、まだ筋トレサボらずにやってるんだ？　もう必要ないと思うけど』

「いや、必要とかそういう問題じゃない。筋トレは良いぞ。筋トレはすべてを解決する」

今まで俺はなぜ筋トレをしなかったのか。これが分からない。

筋トレをすれば、世界が変わる。筋トレは正義なのだ。

『うわ、キモ……』

「おい、マジでドン引きした声で言うのやめろ」

　俺のガラスのメンタルが割れちゃうだろ。実際、部活をしていない俺にとって筋トレは体型を維持《いじ》するために大事だし、ついでに言えば暇潰《ひまつぶ》しの手段でもある。

『あ、でも海で遊ぶなら水着になるから、筋肉は大事だよねー。やっぱり引き締《し》まった体型だったらかっこいいし。もしかして、そこを見据《みす》えたりするわけ？』

「……その発想はなかった」

　確かに、水着になるということは水着を見られるということでもある。

　まあ別に見られても問題はないんだが……ちょっとだけ腹筋を強化しとこうかな。

……うん、ちょっとだけね。別に大して気にしてないんだけどね。

『まあ筋トレが趣味《しゅみ》なら、今更《いまさら》気にする必要もないか』

　美織は眠《ねむ》そうにあくびをしながら、そう呟く。

「てか、それより場所の話だろ？」

『うん、普通に考えたら新潟とか？　太平洋側なら茨城かなぁ』

　そうだよな。群馬から距離的《きょりてき》に考えると、その二択になるだろう。

『ほら、こことかいいんじゃない？』

　美織から送られてきたＵＲＬをタップすると、新潟の海水浴場を紹介《しょうかい》しているサイトが表示された。久々に海の写真を見ると綺麗だなぁ。めっちゃ行きたくなってきた。

新潟なら、子供の頃に行ったことがある海水浴場がいくつかあるけど、どこも綺麗で居《い》心地《ごこち》も良かった記憶がある。また、あそこに行くのも良いかもしれないな。

そんな感じで、いろいろと海水浴場を探しながら雑談していると、気づけば時計の針が真上に到達《とうたつ》していた。話に一区切りがついて、美織がもう一度あくびをする。

「そろそろ寝るか」

『……そうだね。結論は出なかったけど、候補は割と固まったじゃん。後はみんなで話し合って決めるといいよ。気になるから、決まったら私にも教えてね？』

美織の優《やさ》し気《げ》な声音が、電話越《ご》しに届く。

何だか、その声音が少しだけ寂《さび》し気にも聞こえて、俺はふと問いかけていた。

「……お前が一緒に行くのは、やっぱり難しいかな？」

好きな男にはガツガツ行くタイプの美織のことだ。怜太が参加する旅行なら、美織も一緒に行きたいと言い出すかと思ったが、今のところそういう考えはなさそうだ。

『流石に、いつもの六人グループに私が参加するのは難しいでしょ』

「だけど美織なら、俺たち全員とある程度仲良いだろ？」

『それでも、私だけ違うクラスで、普段一緒《ふだんいっしょ》にいるグループも違うから。きっと六人だけの雰囲気って、あるでしょ？　そこに無理に交ざって気まずくなるのは嫌《いや》だから』

美織の意見はどこまでも現実的だった。

そう正論を並べられると、俺《おれ》に返す言葉はなくなる。

黙《だま》り込んだ俺を見て、美織はくすりと笑った。

『それとも、なぁに？　私が一緒にいてあげないと不安なの？』

「……いや、単にお前も一緒にいた方が、きっと楽しいだろうなと思って」

幼い頃の記憶が脳裏《のうり》を過る。

美織と一緒に遊んでいた時は、いつも楽しかった。

美織が俺たちを引っ張ってくれたおかげで。

だから、ふと思ったのだ。いつもの六人に加えて、美織も一緒に遊べたら、きっとそれは俺が理想とする青春に限りなく近いだろうな、と。

『……そ、そう。でもそれは、あなたの望みでしかないから』

美織の言う通りだ。

みんなが俺と同じように考えているとは限らない。

まあ怜太だけは、俺の考えに賛同してくれると思うけど。

何しろ、あいつの気持ちを知ったばかりだ。

……いや、まさか、もう怜太が美織のことを気になっているとはなぁ。

怜太は自分のことをあまり喋《しゃべ》らないから、全然気づかなかった。あの時は驚《おどろ》いたな。

とはいえ流石に、それを美織に伝えることはできない。

両者の気持ちを知っている俺としてはその方が話が早いと思うけど、それは俺が決めることじゃない。怜太も、俺を信頼《しんらい》しているから話してくれたのだと思うから。

『そ──そろそろ寝るね。うん、おやすみなさい』

俺が思考の海に沈《しず》んでいたところ、美織が静寂《せいじゃく》を破るように挨拶《あいさつ》をする。

「ああ、もう夜遅《よるおそ》いからな。話に付き合ってくれてありがとう」

そう俺が返事をすると、すぐに通話が切れた。

何だか妙《みょう》に早口で焦ったような声音だったが、どうかしたのか？

ちょっと疑問ではあるが、もう確認《かくにん》することはできない。まあ、どうでもいいか。

明日も学校だし、俺も大人しく寝ることにしよう。

夏は冷房《れいぼう》をつけたまま寝るか、消しておくべきか、どうするか迷うな。冷房をつけたまま寝ると喉の調子が悪くなることが多いし、消しておくと汗だくになって目を覚ますことがある。一長一短なので、俺はその日の気温と気分で判断することが多かった。

今日は冷房をつけたまま、瞼《まぶた》を閉じる。

すぐに、意識が沈むように落ちていった。

＊

翌日。

若干《じゃっかん》喉《のど》の調子が悪い中、学校に向かう。

地元から電車を乗り継《つ》ぎ、前橋駅で降りる。

それから学校へと続く並木道を歩いていると、後ろから肩を叩《たた》かれた。

「おはよっ！　夏希くん！」

振《ふ》り向くと、そこにあったのは美少女の満面の笑《え》み。

……うーん、世界一可愛いな？

「おう、おはよう、星宮」

星宮は俺の隣《となり》に並ぶと、ちょっと荒《あら》くなった息を整える。

どうやら前を歩く俺を見かけて、走って追いかけてきたらしい。

「今日もあっついねー」

朝で涼《すず》しい時間帯とはいえ、あくまで夏にしてはマシなだけ。

走ってきたことで汗をかいたのか、星宮はＹシャツの胸元《むなもと》を掴《つか》んで扇《あお》いでいる。

その仕草に思わず視線が吸い寄せられ、Yシャツの奥《おく》の白い肌《はだ》が映る。

無意識に見ていたことに気づいて、慌《あわ》てて視線を逸らす俺だった。

星宮はこういうところ、ちょっと無防備すぎると思う。

「この道は並木で日《ひ》陰《かげ》になってるから、助かるよ」

星宮とは、たまにこうやって朝の通学路で遭遇《そうぐう》する。

他の面子《メンツ》は部活の朝練があるから今のところ遭遇したことはないが。

七瀬ともたまに遭遇するけど、朝の七瀬は何だか顔色が悪く、『今は人と話したくないから話しかけないでオーラ』を全力で出しているので、基本話しかけない。

「あ、そうだ。聞いたよー、昨日も喫茶店《きっさてん》に集まってたんでしょ？」

星宮はわざとらしく頬《ほお》を膨らませて、そう尋《たず》ねてくる。不満そうな口調だった。

「俺と七瀬はバイトだけどな。あいつらは期末テストの話してたよ」

「ふーん……良いなぁ。わたしも、今回は結構よかったから自慢したかったのに」

「そうなのか？　じゃあ俺が聞くから、存分に自慢していいぞ？」

「学年一位に話しても、自慢にならないじゃん……でも、成績が上がったのは唯乃《ゆいの》ちゃんや夏希くんが教えてくれたおかげだから、感謝してるよ？　ありがとう」

星宮は拗ねたように唇を尖らせてから、表情を戻して、ちょこっと頭を下げる。

今回の期末テストも中間テストの時と同じように、みんなで勉強会を開催《かいさい》した。

前回は七瀬が星宮に教えていたが、今回は俺が星宮に教える機会も多かった。星宮から俺に聞いてくることが多かったのは、おそらく中間テストの成績の影響《えいきょう》だろうな。

「ふふ、成績も上がったし、夏休みも近いし、わたしは上機嫌《じょうきげん》です」

星宮は軽《かろ》やかな足取りで俺の少し前に出て、振り返って笑いかけてくる。

さっきまでは不満そうな顔をしていたのに、表情がころころとよく変わるものだ。

「夏休み、確かにもうすぐだな。星宮はどうするんだ？」

計画のための探《さぐ》り半分、興味本位半分で、星宮にそう尋ねる。

「んー、基本的には、部屋でだらだらするつもりだよ？　外出ると暑いもん。文芸部の活動が週に一回あるけど、長期休暇中は自由参加だから行かなくてもいいし。あ、でも読みたい小説はたくさんあるんだよね。積んじゃってるから、それは読まないとなぁ」

星宮はそんな風に答えてから、「夏希くんは？」と尋ねてくる。

「俺は、バイト三昧《ざんまい》かな。まあ基本的には暇だから、みんなから遊びの誘《さそ》いがあれば予定を空けるつもり。家にいる時は、星宮に薦《すす》められた小説を読み進めようかな」

「お、いいねー。ついでにもう何冊かお薦めしちゃおっかなー」

「ぜひ頼《たの》むよ。やっぱり部活やってないと、長期休暇は暇になりそうだからさ」

みんな帰宅部ならきっと遊ぶ機会も多かったと思うが、それぞれ部活があるからな。

バスケ部にもう未練はないとはいえ、俺も何かしらの部活に入っておいた方が、長期休暇の青春濃度《のうど》は高かったのかもしれない。まあ、今考えても仕方ないな。

星宮は「了解《りょうかい》！」と元気よく頷《うなず》いてから、思い出したように眉根《まゆね》を寄せる。

「……でも、夏休みの宿題いっぱい出てるよね。考えただけで嫌になっちゃうなぁ」

そういえば確かに、数日頑張る程度では終わらない量の課題が出ている。俺みたいな帰宅部はともかく、部活組にとってはなかなか厳しい量なのは間違いないだろう。

せっかくだし、夏休みの宿題も青春イベントに活用するか。

「そのへんは、協力しながら消化しようぜ。何度か勉強会を開こう」

場所はバイト先の喫茶マレスや駅前のファミレス辺りでいいだろう。俺としてはひとりで黙々《もくもく》と課題をこなすのは面白くないから、みんなと雑談しながらやれたらいいな。

「あ、いいね！　夏希くんに教えてもらえるなら安心だ！」

そんな風に星宮と雑談しながら歩いていると、すぐに学校に辿《たど》り着いた。

校門を通り抜《ぬ》け、玄関《げんかん》へと向かう。

星宮と二人だけの時間が、終わりに近づいていた。

……今のうちに、この問いを投げかけておいた方がいいだろう。

「後は、みんなで旅行をするって話か。星宮は、海に行きたいって言ってたよな？」

なるべく自然なトーンを心掛《こころが》けながら尋ねる。

すると今まで明るかった星宮の言葉のトーンが、急に下がった。

「……うん。みんなで行けたら、楽しそうだよね」

なんとも言えない返しだった。

行きたいとは思っているが、自分が行けない可能性を考慮《こうりょ》しているような言い方だ。

俺が探りを入れたことを星宮も察したのか、申し訳なさそうな顔で言う。

「ごめん。海に行きたいって言ったのは私だけど、行けないかもしれないんだ」

「……親が許してくれない、みたいな理由？」

「パパに軽く話してみたら、あんまり感触《かんしょく》が良くなくて、どうにか、したいんだけど……

もしかして、唯乃ちゃんから、何か聞いてたりするの？」

「星宮が行けないかもってだけ。詳《くわ》しい事情は教えてもらってない」

そう伝えると、星宮は暗い表情で愚痴のように呟《つぶや》いた。

「……わたしのパパ、頑固だから。一度駄目《だめ》って言ったら、なかなか覆さないんだよね。

まったく、あの石頭、本当にどうにかならないのかな……」

家族とはいえ、星宮が人の悪口を言っているところを見たのは初めてだ。

だから、思わず目を瞬《またた》かせる。新鮮《しんせん》な印象だった。

俺が驚いていることに気づいたのか、星宮は恥ずかしそうに赤面する。

「ご、ごめん！　いきなりこんな話して……恥ずかしいね、わたし」

「いやいや、むしろ親しみやすさが増したぞ？　珍しいところを見たなぁ」

「わ、忘れてってば！　もう、夏希くん！」

星宮が可愛《かわい》らしく怒っているので、俺は「分かった分かった」と肩《かた》をすくめる。

ちょうどそのタイミングで玄関に入り、俺たちは靴《くつ》を履《は》き替えた。

「と、とにかく、パパのことは何とかするから！」

星宮は胸元で握《にぎ》り拳《こぶし》を形作り、「頑張る！」とポーズで示している。

「俺も星宮が来てくれたら嬉しいけど……無理はするなよ？　他にも、みんなで遊べる機会はたくさんあるからさ。日帰りで別の場所にするのもアリだし」

泊まりじゃなければ星宮の父親も許可を出してくれるかもしれない。海でたっぷり遊ぶにはちょっと時間が足りないけど。何しろ、ここは海なし県の群馬ですからね。

「それでも海に、行きたいな。言い出したのは、わたしだから」

星宮はぼんやりと、遠くを見ながら呟いた。

「……そんなに海、好きなのか？」

「んー、そうだね。綺麗《きれい》だし、冷たくて気持ち良いし、それに……大きな海をぼうっと眺めてると、わたしの悩《なや》みなんてちっぽけなんだなって思えて、気が晴れるから」

思わず口から零《こぼ》れたような言葉が、やけに俺の耳に残った。

星宮は、はっとしたように笑顔《えがお》を取り繕《つくろ》う。

「ま、まあ他のところでも大丈夫《だいじょうぶ》だよ！　みんなが一緒《いっしょ》なら、どこでも楽しいから！」

誤魔化《ごまか》すような言葉だったが、それも嘘ではないのだろう。

「……分かった。みんなでいろいろ相談しようぜ。どっかに集まって」

「うん、了解です！」

星宮は俺の言葉に、ビシッとした敬礼で首肯《しゅこう》を示す。

ざわざわと騒《さわ》がしい廊下《ろうか》を抜け、俺たち一年二組の教室が目の前に見えてきた。

「みんな、おはよっ！」

教室の扉《とびら》を開くと、そろそろ見慣れた顔のクラスメイトたちが、気だるそうな顔で雑談を交《か》わしている。そんな教室の雰囲気が、星宮の登場で華《はな》やかになった。

輝くような笑顔でみんなに挨拶を振りまいている星宮は、果たしてその影響力《えいきょうりょく》を自覚しているのだろうか。星宮の内心は、俺には想像がつかない。分からないのだ。

……人間、誰《だれ》しも悩みを抱えている。

そんなことは分かっているつもりだった。
だけど星宮の言葉を聞いた時、俺は意外だと感じた。
それは俺が、いつも明るく笑顔を振りまいている星宮しか知らないからだ。

――俺は、星宮陽花里のことが好きだ。

その容姿に一目惚《ひとめぼ》れして、その優しさに惹《ひ》かれていった。
しかし、俺は星宮のことをよく知らない。きっと表面しか見えていないのだろう。
だから、星宮のことをもっと知りたいな、と。
純粋《じゅんすい》に、そう思った。

＊

その日の昼休み。
俺はみんなを学食に招集していた。目的は夏休みの計画の相談だ。
ファミレスや喫茶店に集まって相談会を開くことも考えたが、みんな放課後は部活があるし、夏休みのことを考えると、あまりお金も無駄《むだ》には使えないからな。

「夏希の言う通り、そろそろ計画を具体的に練らないとね」

かき揚《あ》げうどんを啜《すす》り、しっかりと飲《の》み込んでから怜太は口を開く。

「海に行きたいって話だよね？」

思い出すように呟いたのは詩だ。

その手元には、小さな体に似合わぬ大きさの醤油《しょうゆ》ラーメン。

「……つっても、俺あんま金がねえんだよなぁ」

大盛りカレーをガツガツと食う竜也が、苦い顔でぼやいた。

「旅行に行くって言ったら、タツのお母さんが出してくれたりしないの？」

「まあ多少はくれるかもしれんが、何とも言えねえな。いや、俺も行きてえけどさ」

やはり、まずはお金の問題か。

「逆に、竜也以外は問題ないのか？」

俺が尋ねると、みんなは頷く。

「一応、貯金はそれなりにあるからね」と怜太。

「あたし、実家でちょこちょこバイトしてるから！」と詩。

「私は灰原くんと同じで、結構バイトに入っているから大丈夫よ」と七瀬。

「わたしも、お小遣いで足りると思う」と星宮。

おおむね俺と美織の予想通りか。となると問題は竜也だけだ。

「実際、いくらぐらいかかるんだ？　確か一泊するって話だよな？」

竜也は財布《さいふ》の中身を覗《のぞ》き込みながら呟いた。とても険しい顔をしている。

「どこに行ってどこに泊まるかにもよるけど、まあ三万あれば足りるんじゃないか？」

もちろん安い宿が前提だが。交通費も新幹線に乗るなら結構痛手なんだよな。

「まあ、その辺りが現実的なラインでしょうね」

そう七瀬が頷くと、竜也はうーん……と、眉根を寄せて唸る。

「俺もみんなで遊びてえのは山々なんだがなぁ……」

「何とかして、みんなで行こうよ！　夏に海！　絶対楽しいよ！」

微妙な態度の竜也を、詩が懸命《けんめい》に説得している。

そんな詩が、ふと何かを思いついたように目を輝《かがや》かせた。

「そうだ！　タツ、夏休み中にうちの手伝いすれば？　昔はたまにやってたじゃん！」

きょとんとした竜也が、「……そういや、やったこともあるな」と呟く。

「部活あるから基本は夜になるけど、いいのか？」

「うん！　うち新しいバイト探してたし、丁度いいと思う！　相談してみるね！」

詩はとびきりの笑顔で、竜也にそう伝える。

「部活をやっている竜也が新しくバイトをするのは厳しいだろうし、夏休みだけの短期集中で詩の家の手伝いに入るのは、確かに良いアイデアかもしれないね」

うん、と怜太は冷静な表情で言う。

「タツは前に何度かやったことあって慣れてるから、うちとしてもありがたいんだ」

詩は嬉《うれ》しそうな笑顔で言う。

確かにウィンウィンというか、一石二鳥って感じだな。

身近に丁度いい解決策があった。

この手の問題はみんなで話し合うのが一番だな。

……でも、詩と一緒に竜也がバイトするのかと思うと、心がざわついた。

ふと、七夕まつりの夜が脳裏を過《よぎ》った。

頬に触《ふ》れた詩の唇《くちびる》の感触は、今でも鮮明《せんめい》に思い出せる。

『……これが、あたしの気持ちだから』

俺はその言葉に対して、何も答えていない。

詩がまだ答えないで、と言ったのは、きっと俺の迷いを見抜いていたからだ。

つまり俺は今、詩の優しさに甘えている状態なのだ。

そんな俺が、詩と竜也に対して、こんな気持ちを持っていいわけがない。

……分かっている。これは、醜《みにく》い嫉妬心《しっとしん》だ。俺は詩の気持ちを知って、その答えを保留しておきながら、他の男と仲良くしてほしくないと思ってしまっているのだ。

そんな考えが許されるはずがない。

俺は首を振って自分の思考を振り払《はら》い、切り替《か》えるように話をまとめる。

「それじゃ、お金の問題はとりあえず大丈夫そうか」

「つっても、そんなシフトに入れるわけじゃねえし、厳しいのは変わらねえけどな」

「そこは僕《ぼく》も変わらないよ。可能な限り安く済ませるように計画しないとね」

怜太はそう言って話を区切り、次の問題を提示する。

「その前に、日程だね。みんな部活とか用事があるだろうから、調整しないと」

そんな怜太の言葉を受けて、みんなはスマホや手帳でスケジュールを確認する。

どうやら八月の六、七日あたりなら都合がつきそうだ。

他にも一日なら都合がつく日はそれなりにあったが、やはり二日連続は難しいな。

お盆《ぼん》期間は部活組は空いているが、祖父母の家に帰省する面々も多い。

まあ六、七日で確定かな。

ついでにみんなの空いている日程を知ることができたのは大きい。

夏休みの宿題を消化する勉強会を開く計画もあるからな。

それに、遊びに誘いやすくもなる。

「日程は確定として……じゃあ、後は場所の問題かな」

怜太は検索《けんさく》でもかけているのか、スマホを眺めながら難しい顔で呟く。

ぱっと案が浮《う》かぶ人がいるなら任せようと思ったが、みんな何か考えがあるわけじゃなさそうだ。それなら、俺と美織が考えた候補をいくつか提案することにしよう。

「案がいくつかあるんだけど、まずは新潟かな」

スマホを机に置いて、現地の紹介ページをみんなに見せながら説明する。

みんな俺のスマホを覗き込《こ》んでくるので、距離《きょり》が近い。

特に隣の星宮は肩が密着するほどの距離で、流石《さすが》に意識してしまう。

なんか女の子特有の良い香りがするし。

ま、まずい……このままだと説明が頭から飛ぶ！

今は俺が話の中心なんだから、何とか正気を保たないと……。

「わ、ここ、すっごい綺麗だね！」

「あ、ああ。実際に行ったことあるけど、良いところだよ」

そんな俺と星宮の様子を詩が神妙《しんみょう》な顔で眺めていたが、気づかなかったふりをした。

「うん、いいんじゃないかな？　群馬から海に行くなら一番近いよね」

　怜太からの鶴《つる》の一声があり、特に反対もないので俺と美織が練った第一候補で話はまとまりそうだ。詩も「ここにしようよ！　絶対楽しい！」と目を輝かせている。

「ここにするなら、泊まるところも候補がいくつかあって、俺はせっかくならコテージがいいかと思ったんだけど……どうかな？　こんな感じなんだけど」

　美織と探したコテージの紹介ページを提示する。詩がきょとんと小首を傾《かし》げた。

「コテージ？」

「要は貸別荘《かしべっそう》みたいなものだよ。一戸建てをそのまま借りる感じ」

　詩に写真を見せる。

　田舎《いなか》の山道に、木造の建物がひっそりとある。内装はキッチン、ダイニング、リビングに加えて広いテラスを備え、二階には個室が何部屋も並んでいる。

「あ、良い感じだね！」

「へぇ、テラスでバーベキューもできるんだね。やろうよ」

　怜太が紹介ページを見ながら呟くと、竜也がガバっと反応する。

「何、肉が食えんのか？　じゃあ、そこで」

「コテージに泊まるなら、自分で買ってきて自分で焼く必要があるわよ？」

「いいじゃねえか、それもまた……何だ？　趣《おもむき》があるってやつ？」

七瀬の呆《あき》れたような指摘《してき》に、竜也は首を捻《ひね》りながらも前向きな答えを示す。

「あははっ！　タツが難しい言葉使ってる！」

「それのどこが面白《おもしろ》いんだよ？」

けらけらと笑う詩に、何とも言えない顔の竜也。

この二人も、だいぶ今まで通りのやり取りに戻《もど》ってきたよなぁ。

「でも、高いんじゃないかしら？」

そんな七瀬の指摘に、俺はきちんと答えを持っている。

「それが、結構安いんだよ。これが一泊の値段なんだけど……六人で割ると、ほら」

アプリで電卓《でんたく》を出して計算すると、「おおー」という声がみんなから漏《も》れる。

「なんか、普通《ふつう》にその辺のホテルに泊まるよりも安そうだな？」

「俺もそう思ったんだよ。ぱっと見は高くても、六人で割るからさ。もっと人数が多ければもっと安くなるだろうけど。大きさ的には八、九人ぐらいが限度かな？」

バーベキューもできるし、広々とした空間で過ごしやすそうだ。その分、自分で食事やら風呂やらを用意しなければならないが、一泊なので大した手間ではないだろう。

その辺りの説明をすると、みんなの感触は良い。

「ありがとね、ナツ。いろいろと考えてくれてたんだよね？」

ぽつりと詩が呟いて、その表情がふっと緩《ゆる》まる。

「まあ俺が一番暇《ひま》だからな。適当に観光サイトとか巡《めぐ》ってただけだよ」

そう肩をすくめると、竜也が腕《うで》を組みながら言う。

「流石は夏希だな。頭の良いお前の考えだ。もう決まりでいいだろ」

「うん、おおむね夏希の案で問題なさそうだね」

竜也と怜太の言葉を受けて、俺はそっと安堵《あんど》の息を吐《は》く。

美織と夜更《よふ》かししながら熟考した甲斐《かい》があったというものだ。

「つか、その方が安くなるんだったら、他にも誰か誘ってもいいんじゃねえか？」

「確かに！　大勢の方が楽しそうだよね！」

お金の面を考慮した竜也のアイデアに、詩も別の側面から賛同する。

「理屈《りくつ》はそうだけれど、この面子に交ざっても少し気まずいんじゃないかしら？」

七瀬が難しそうな表情で反対意見を述べる。

「そうかな？　クラスメイトなら、特に問題ないと思うよ？」

すると、詩はきょとんとした調子で小首を傾げる。

まあ、詩は俺たち以外のグループとも分け隔《へだ》てなく仲が良いからな。

詩に限らず、俺以外はみんなその傾向《けいこう》はあるか。

「とはいえ普段《ふだん》僕《ぼく》たちはこの六人でいるから、そこに一人だけ参加するとなると、確かに少しハードルは高いかもしれないね。向こうも数人のグループならともかく」

怜太は難しい顔で言う。

俺も同意見なので、援護《えんご》する形で口を挟《はさ》む。

「逆に、誰か候補はいるか？」

そう、今のところ具体的な候補者がいないのだ。

誰かしら候補者がいるなら考えてもいいが、いないのなら無理に誘う必要はない。

消去法で呼ばれても向こうが嫌だろう。

俺の目的はこの夏のイベントを最大限に楽しむことだ。

無理に人を増やさなくても、俺はこの六人だけで十分だと考えている。

「俺たちみんなとある程度仲良くて、誘ったらついてきてくれそうな奴《やつ》……か」

竜也は前提条件を呟くが、俺の予想通り思いついていないようだ。

しかし、ここで俺の予想外の発言があった。

「あたし、ミオリンとセリーとなら、一緒に行きたいな！」

詩の一言だった。ミオリンは美織のことだろう。でもセリーって誰だ？

「あ、確かに！　あの二人ならこの面子とも仲良いよね！」

詩に同調したのは星宮だ。

今まで口数が少ないのは気にかかっていたが、その口調にかげりは見えない。

……何となく黙っていただけで、特に理由はないのか？

というか、この面子とも仲良いって何？　俺はそのセリーって子を知らないが？

「僕も賛成だよ。美織たちが一緒なら、きっと楽しそうだ」

怜太は俺にちらりと視線を向けてから、柔和《にゅうわ》な笑みと共に答えた。

その視線の意味は、俺でも分かる。

きっと同調してほしいという意思表示だろう。

俺は、怜太が美織を意識していると知っている。

怜太としては、ここで美織が来てくれるのなら距離を縮める絶好の機会と考えているんじゃないだろうか。

……いや、そんな深読みせずとも、単に一緒に遊びたいのかもしれないな。

きっと楽しそう、という怜太の言葉が嘘には聞こえなかった。

「つーことは、費用も八等分だろ？　お、結構安くなるじゃねえか。誘おうぜ」

相変わらず金のことばかり気にしている竜也は、スマホの電卓アプリで費用を計算してから喜色満面に提案している。何というか、言葉通り現金な奴だな。

「美織さんなら灰原くんの幼馴染《おさななじみ》でもあるし、まさにぴったりじゃないかしら？」

七瀬の言葉に、みんなが頷く。

いや、最大の問題がスルーされているんだが？

「あの……セリーって誰なんだ？」

俺が根本的な疑問を提示すると、みんな驚いたように目を瞬かせる。

……え？　そんな知っていて当然みたいな空気なの？

あだ名だから分からないだけか？

いや、それでも心当たりはないな……。

「あれ？　ナツってセリーと接点なかったっけ？」

詩が意外そうに問いかけてくる。

俺が反応する前に、怜太がふと呟いた。

「確かに、夏希だけはないかもしれない。……いや、喫茶店で勉強会をした時、会ったことはあるはずだけど、あの時はあんまり話をしていなかったからね」

その言葉で、記憶《きおく》がフラッシュバックする。

……ああ、美織の正面の席に座《すわ》っていた金髪《きんぱつ》のギャルっぽい女の子か。

「そういや、美織から何度か話は聞いたことあるな。美織と仲良いのは知ってる」

確か名前は芹香《せりか》だったか。なるほど、芹香だからセリーなのね。

「逆に、みんなはその芹香って人と仲良いのか?」

俺が尋ねると、みんなは一瞬《いっしゅん》顔を見合わせて、七瀬が答える。

「私や陽花里と同じ中学出身なのよ」

「僕や竜也と同じ小学校出身でもあるね」

詩は違《ちが》うんだけど、と怜太が続ける。

な、なるほど。その繋《つな》がりは予想していなかった……。

「ミオリンと仲良いから、最近はあたしもよく話すんだよねー」

つまり俺以外の全員、芹香って人とそれなりに仲が良いのか……。

そして美織と芹香の二人が仲良いのなら、確かに誘う相手としては完璧《かんぺき》だ。

「夏希が話したことないなら、やめといた方がいいかな?」

怜太が気を遣《つか》ったように、そんな提言をする。

「いや……」

俺は反射的に首を振った。

怜太は美織と一緒に行きたいはずだ。

そして俺自身、美織と一緒に遊べたら楽しいだろうと思っている。

そのためになら話したことのない相手がひとりいても、どうってことないはずだ。

むしろ交友関係を広げる良い機会だとも考えられる。

「──いいよ。誘おうぜ」

昨日の夜、美織と交わした会話が脳裏を過る。

『それとも、なぁに？　私が一緒にいてあげないと不安なの？』

『……いや、単にお前も一緒にいた方が、きっと楽しいだろうなと思って』

一緒に来ないかと誘った俺に、美織は首を横に振った。だが、芹香という二つ目の理由があり、何よりみんなが一緒に行きたいと提案している。それなら、きっと……。

「夏希くんがオッケーなら、とりあえず誘ってみようよ。断られたら仕方ないけどね」

「二人は近いうちに僕が誘っておくよ。またＲＩＮＥで連絡《れんらく》する」

星宮の後押《あとお》しがあり、怜太がそう結論づける。

それから細かい点の相談やすり合わせをしていた時、ふと星宮が告げる。

「あの……実はわたし、まだこの旅行に対してパパの許可が下りてなくて……」

今までとは打って変わって、暗いトーンだった。

「もしかしたら、行けないかもしれないんだ。ごめんね」

みんな何となく察していたか、俺のように七瀬から聞いていたのだろう。

場に驚きはない。だが、少しだけ雰囲気《ふんいき》が暗くなった。何と答えればいいのか、俺が言葉を探していると、先んじて雰囲気を切り替えるように詩が明るい声音《こわね》で言う。

「家庭の事情は仕方ないよ。もちろん、あたしはヒカリンと一緒に行きたいけどね！」

続いて口を挟んだのは、まさかの竜也だった。

「何とかならねえのか？　やっぱ星宮がいねえと楽しさが減るだろ」

竜也が星宮に対して、そんな風に言うのは正直意外だ。

みんな同じ気持ちだったのか顔を見合わせており、星宮は目を瞬かせている。

「な、なんだよ？　俺が言うのはそんなおかしいか？」

「あ、いや、そ、そんなことないよ！　嬉しい、よ？　あ、ありがとう！」

慌てて否定するも露骨《ろこつ》な動揺《どうよう》があらわになっている星宮。

「星宮さん、動揺しすぎでしょ」

そんな星宮を見て、ツボに入ったのか怜太がお腹《なか》を抱《かか》えて笑っている。

竜也が微妙《びみょう》な顔で俺を見てくるが、俺を見られても困る。

「と、とにかく、何とか行けるように頑張《がんば》るから！」

「私も陽花里に協力するわ。近いうちに報告するから、もう少し待ってくれる？」

星宮の頭を撫《な》でながら七瀬が言う。
みんなが明るく頷いたところで、昼休み終了《しゅうりょう》の鐘《かね》が鳴った。

＊

その数日後のことだった。
怜太が誘った美織と芹香は快諾《かいだく》してくれたらしい。
便宜《べんぎ》上芹香と呼称《こしょう》していたが、フルネームは本堂《ほんどう》芹香というらしい。
それなら本堂さんと呼ぶべきだろう。
どこかで機会を見て、自己紹介《しょうかい》ぐらいはしておきたいな。
そして星宮は七瀬の協力を得て、父親の説得に成功したようだ。
みんなのグループチャットにそんな報告が来ている。とりあえず一安心だ。
「ちょっと」
「ぐえ」
朝のホームルームが始まる前、廊下を歩いていると急に後ろに引っ張られる。
ワイシャツの後ろ襟《えり》を掴まれているらしい。俺にこんなことをするのは美織だけだ。

「何だなんだ？」

「あなたの提案なの？」

問いに問いを返すな。そもそも主語がない。まあ伝わるからいいけど。

「違う。発案したのは、詩や怜太だよ。それで、みんな美織たちと一緒に行きたいって賛同した。まあお前と仲の良い本堂さんが俺以外の全員と仲が良いって理由もあるけど」

「それは芹香からも聞いたけど……」

美織は何だか納得《なっとく》いっていない様子だ。

「了承《りょうしょう》したんじゃなかったのか？」

「それは、芹香も乗り気だったし、断る理由もなかったから……」

「じゃあ、何も問題ないだろ？　俺もお前と一緒に遊べるし、一石二鳥だ」

美織がなぜ微妙な表情をしているのか分からない。

妙に不満そうな美織はなぜかつま先立ちになって、俺の頰をつねってきた。

「痛いって」

というか廊下でこんな真似《まね》をしていたら付き合っていると勘違《かんちが》いされるぞ？

現に、今も複数人から見られている。

「てか、他のみんなは仲良くても、あなたは芹香と接点ないでしょ？」

「そうだけど……まあ、新しく友達を作るチャンスだと捉《とら》えればいいだろ？」

自分で言っておいてなんだが、何とも俺《おれ》らしくない考えだ。

今はある程度マシになっているものの、元が陰《いん》キャなのは変わらない。

グループ内で一番友達が少ないのは間違《まちが》いないだろう。

新しい交友には基本的に臆病《おくびょう》なのだ。

とはいえ、いつまでも六人だけの世界に閉じこもることが理想の青春とは思えない。

少しずつでも、勇気を出して世界を広げていく必要があると考えている。

「……ふぅん、まあ、あなたがそれでいいならいいけどさ」

美織は俺の顔をじっと眺《なが》めてから呟くと、話は終わりだとばかりに背を向けた。

「おはよ、美織」

ちょうどそのタイミングで声をかけられ、俺たちは同時に振り返る。

噂《うわさ》をすれば何とやら、というやつか。

件《くだん》の本堂さんがひらひらと手を振っていた。

「あ、芹香。おはよー」

美織はいたって普通に挨拶《あいさつ》を返しているが、俺はどうすればいいのだろう。

美織を介《かい》してお互《たが》いに名前ぐらいは知っているはずだが、直接話したことはない。

挨拶するような仲には思えないが、もう一緒に旅行に行くことは確定している。

それに挨拶を交わした美織が隣《となり》にいるのに、何も言わないのも不自然じゃないか？

などと陰キャの思考をぐるぐる回している俺に、芹香が目を向けてくる。

「おはよ、灰原くん」

「……おう、おはよう」

ごく普通の挨拶だった。

そ、そうだよな。普通に挨拶すればいいだけだよな……。

いったい俺はなぜ迷っていたんだ……？

謎《なぞ》に負けた気分になっている俺を放置して、美織と本堂さんは雑談を交わす。

それから、二人は俺を見た。

「灰原くんも、例の旅行は一緒なんだよね？」

「そうだよー。ま、悪い奴じゃないから、仲良くしてやってよ」

「よろしくね、灰原くん」

「あ、ああ。よろしく本堂さん」

本堂さんの言葉に、俺はこくこくと頷く。

「それじゃ、私は教室に行くから」

本堂さんは淡々《たんたん》とそう言って、教室の中に入っていった。

……ふぅ、なんか妙《みょう》に緊張《きんちょう》したな。

安堵の息を吐く俺を見て、美織は苦笑《くしょう》する。

「芹香、ローテンションだけど、いつもあんな感じだから。気にしないでね」

「へぇ、朝だからとか、そういうわけじゃないのか？」

七瀬も朝は死にそうな顔色でローテンションなので、その類の人種かと思った。

「うん。だから、あんまり愛想《あいそ》は良くないかも。せっかく可愛いのに」

もったいないよね、と美織は唇を尖《とが》らせながら言う。

まあ確かに、非常に整った容姿をしているが表情の変化が少ない人だった。

ギャルっぽいのは見た目だけなのかな。

「仲良くなれると思うか？」

「心配しなくても、大丈夫じゃない？　あの子あんまり人の好き嫌《きら》いとかないから。それに人見知りってわけでもないし。ああ見えて結構ノリは良いよ」

「いや、俺が人見知りなんですけど……」

「それはあなたが自分で何とかしなよ。新しく友達を作るチャンスじゃなかったの？」

「いざ本人と話すと、急に自信なくなってきた……」

「あのねぇ……」

美織が呆れたように額を押《お》さえたタイミングで、朝のホームルームの鐘が鳴る。

気づけば、廊下には俺たち二人しかいなくなっていた。

「あ、やば！　戻らないと。じゃあ、またね」

「おー、またな」

慌《あわ》てて教室に戻る美織を見てから、俺もその隣の教室の扉を開く。

「遅《おそ》かったね、夏希」

「旅行の件について、美織と話してたんだ」

怜太の問いかけに答えながら席に着く。

ちょうどそのタイミングで、担任教師が登場した。

「さて、明日から夏休みだが、きちんと我《わ》が校《こう》の生徒という自覚を持った行動をするようにな。それに、夏休みの課題がたくさん出題されていると思うが、毎日コツコツやれば普通に終わる量だ。決して遅《おく》れることのないように。いいか、休みとはいえ――」

気を引き締《し》めるように言ったはずの担任教師の言葉で、教室の雰囲気が浮き足立《あしだ》つ。

担任教師はくどくどと規律だの何だのと語っているが、クラスのみんなは小声で雑談したり、笑い合っていた。そんなクラスの様子を眺めていると、星宮と目が合う。

星宮は慌てて目を逸《そ》らすが、なぜかもう一度俺《おれ》を見る。

それから口パクで「楽しみだね」と言って、表情を緩めた。

……はぁ？？？

何だそれ。可愛すぎるだろ。

軽々しく俺の心を掴《つか》もうとするな。

「よし、それでは規律正しい行動を心がけるようにな」

俺が内心の動揺を鎮《しず》めていると、ホームルーム終了の鐘が鳴る。

何度も同じような話を繰《く》り返していた担任教師がようやく口を閉じた。

相変わらず話の長い人だ。どうせ今日は終業式で校長先生のクソ長い話をクソ暑い体育館で聞かされる羽目になるんだから、ホームルームぐらい短く締めてほしかった。

担任教師が出ていくと同時に、教室は喧騒《けんそう》を取り戻す。

その話題は主に夏休みのことだ。

みんなでプールに遊びに行くとか、花火大会が楽しみだとか、友達の家でスマブラ大会するとか、海外に家族旅行するとか、課題の量が多すぎるとか、毎日部活だから休みが欲《ほ》しいとか、文句も混じっているが、みんな上機嫌《じょうきげん》なのは共通している。

窓の外から、燦々《さんさん》と日差しが照りつけてくる。

冷房《れいぼう》が効いているはずの室内でも、肌《はだ》が焼けるような感覚があった。

一学期の終業式。

今日も気温は三十度を超《こ》えるらしい。

——明日から、夏休みだった。

第二章　君の夢と秘密の関係

夢と希望に満ち溢《あふ》れる夏休みに突入《とつにゅう》した。

……はずだったが、序盤《じょばん》の一週間は特に予定がない。

当然バイトは毎日のように入れているが、それだけで暇は潰《つぶ》せない。

もっと遊びの約束を入れておけばよかったかなぁ。

まあ元がぼっちオタクなので、ひとりでも快適に過ごす能力には長《た》けている。

求めていた青春像とは異なるものの、それなりに充実《じゅうじつ》した日々を過ごしてはいた。

今日も今日とて朝が来る。俺は朝食を食べてから、海に備えて腹筋に重点を置いた筋トレメニューをこなした後、ランニングをする。昼間より気温は低いが、真夏に変わりはない。熱中症《ねっちゅうしょう》にならないよう程々《ほどほど》の距離に止《とど》め、家に帰りシャワーで汗《あせ》を流す。

その後は自由時間だ。

星宮《ほしみや》から薦《すす》められた小説を読んだり、レンタルビデオ店で借りた映画を鑑賞《かんしょう》したり、適当にユーチューブで目に付いた動画を漁《あさ》ったりしつつ、午前中を終える。

昼食は自分で作っていた。両親は共働きで、特に父親は単身赴任《ふにん》中なので、家にいるのは夏休み中の俺と波香《なみか》だけだ。波香に任せてもカップラーメンしか作れないので、俺がやるしかない。まあスーパーで弁当を買ってもいいんだが、それだったら自分で作った方が安くて美味《うま》いんだよなぁ。この暑い中、買い物のためだけに外に出るのも面倒《めんどう》だ。

「ありがとお兄ちゃん。美味しそうじゃん」

「誰《だれ》が食っていいと言った誰が」

「でも二人分じゃん」

「お前には料理人に対する感謝の心がない」

「だから、最初にありがとって言ったんだけど？」

俺が作った料理を勝手に食べ始める波香に苦言を呈《てい》するが、一顧《いっこ》だにされない。毎日こんな感じだった。そして波香は飯を食い終わると、さっさと遊びに行ってしまう。

「妹がお兄ちゃんに構ってくれないよぅ……」

しくしくと嘆《なげ》きながらバイトの準備をする。

午後は基本的にバイトだった。

クソ暑い中、電車に乗って喫茶《きっさ》マレスまで向かう。

普段《ふだん》は学校からの帰り道だから問題ないけど、休日に家から向かう時はぶっちゃけ遠いと感じる。バイトの選定、ミスったかなぁ……。

「こんにちは、灰原《はいばら》くん」

――などという俺のネガティブな考えは、七瀬《ななせ》の登場で完璧に否定される。

「どうかしたのかしら？」

「何でもない。七瀬も今日シフト入ってたのか」

バイト先に七瀬がいる。それだけで今日も頑張れそうだった。

「――ええ。今日もよろしくね」

七瀬が俺を見て微笑《びしょう》する。軽率《けいそつ》に笑顔《えがお》を向けないでほしい。惚《ほ》れるぞ？

うむ、やはり七瀬は癒《いや》しだ。七瀬だけが俺を救ってくれる。今日もありがとう。

俺が七瀬に祈《いの》りを捧《ささ》げて『推《お》し力』を高めていると、桐島《きりしま》さんに耳をつねられる。

「ぼーっとしてないで、早く準備してくれないかな？」

「すみません……」

まさか祈りを捧げていたなどと意味不明なことを言うわけにもいかないので、大人しく謝《あやま》って制服に着替《きが》え、タイムカードを押す。

これからの学校生活、お金はいくらあっても損はしないだろう。

金欠で青春チャンスを逃《のが》すわけにはいかない。

つまり、バイトは最高の青春を作るための手段なのだ！
決してやることがないからバイトをしているわけではない。そうなのだ。
「灰原くん、ちょっといいかしら」
俺が必死に自分を納得させながら皿洗いをしていると、七瀬が声をかけてくる。
ホールの仕事が落ち着いたらしい。
七瀬は一口水を飲んで、ふぅと息をつく。
まあ実際、七瀬がいることを除いても、このバイトはそれなりに楽しい。
キッチン仕事は好きだし、桐島さんや他のバイト仲間とも仲良くなってきている。
だから現状にそれほど不満はなかった。
強《し》いて言うなら、星宮にぜんぜん会えないのが普通に寂《さび》しいぐらいだ。
いや、まだ一週間も経《た》ってないんだけど。
学校がある時は毎日会えたから、そう感じるのかなぁ。
……詩《うた》の顔も脳裏《のうり》を過る。
詩にも、会いたいな。
自然と、そう思うようになってしまった。
こんな半端《はんぱ》な気持ちのままでは、星宮にアプローチをかけるのも、俺を振《ふ》り向かせると宣言した詩と付き合うのも、どちらも不誠実だと思う。分かってはいるんだ。

「聞いてる？」

七瀬が俺の頬《ほお》を指でつついてくる。

そうやって気安く触れないでほしい。魔性《ましょう》の女め……惚れるぞ？

いやいや、七瀬にまで惚れたら俺の内心がカオスになる。

ただでさえ悩《なや》みが増えているので勘弁《かんべん》してほしい。

冗談《じょうだん》はさておき、どうやら考《かんが》え込みすぎて七瀬の話を無視していたらしい。

「悪い悪い、ぼーっとしてた。何の話だっけ？」

「別に、大した話じゃないのだけれど」

と、七瀬は前置きしてから、尋《たず》ねてくる。

「灰原くんはバイト終わった後、時間あるかしら？」

確か今日の終わりは十九時だったか。

七瀬も俺と同じシフトのはずだし、特に問題はないだろう。

「ああ。今日は大丈夫《だいじょうぶ》だよ」

そう答えると、七瀬はちょっとほっとした表情になる。

「近くのショッピングモールに行くつもりなのだけれど、一緒《いっしょ》にどうかしら？」

「モール？　もちろん、全然いいけど」

喫茶マレスから徒歩十分程度の距離に、地元最大級のショッピングモールがある。

遊ぶ場所に困った時は重宝するし、普段使《ふだんづか》いにも便利な場所だが、七瀬がモールに行きたいと言い出したのはこれが初めてだ。これまで、学校からバイトに行く前やバイトからの帰り道は、クレープ屋とかCDショップに連れていかれたことはあるんだけど。

「何か買いたいものでもあるのか？」

「今度、海に行くのでしょう？　必要なものを揃《そろ》えたいなと思って」

「ああ確かに、そろそろ準備しておかないとな」

まだ日程が先だから考えていなかったが、俺も必要なものを買い揃えなければいけないのは間違いないから丁度いいな。それに、七瀬と一緒に買い物できるのはアツい。

「よしっ、行こうぜ行こうぜ！」

意識的に気さくな返事をすると、七瀬は小さく笑った。

「じゃあ、また後でね」

ホールの仕事に戻る七瀬の足取りは、心なしか軽《かろ》やかに見えた。

＊

外に出ると、ひぐらしが鳴いていた。十九時を過ぎても、まだ日は完全に落ち切っていない。雲が黄昏《たそがれ》色に焼かれている。今にも暗闇《くらやみ》に落ちていきそうな空だった。

「涼《すず》しくなってきたわね」

隣を歩く七瀬が、嬉《うれ》しそうな声色《こわいろ》で呟《つぶや》く。

「ずっとこれぐらいの気温だったら、過ごしやすいんだけどな」

「そうね。昼間はバイトに向かうだけで死ぬかと思ったわ」

昼間の暑さを思い出したのか、七瀬はうんざりしたような表情になって項垂《うなだ》れる。

そんな七瀬は、シンプルな白Tシャツを着て黒のプリーツスカートを穿《は》いている。

バイトの制服も似合っているが、相変わらず私服も可愛《かわい》い。

夏休み中じゃなかったら、私服を見ることはできなかった。とても眼福です。

「具体的に、何か買いたいものでもあるのか？」

「んー、日焼け止めとか、帽子《ぼうし》とか、ビーチバッグとか……」

歩調を合わせて、隣を歩く。

俺はひとりで歩いている時、他人よりペースが速い。

だから友達と一緒に歩いている時は、意識してペースを落とす必要があった。

あの六人の中で、七瀬とは一番一緒にいる時間が長い。だから、こうした気遣《きづか》いも多少はできるようになってきて、特に緊張することなく話せるようになってきた。

「それと普通に、夏用の私服もちょっと見たいわね」

俺が女の子と一緒にいて緊張しなくなるなんて、昔の俺は信じないだろうな。

「後は……水着かしら」

七瀬は思い出したかのように呟く。

な……七瀬の水着⁉

それを今から選ぶんですか⁉

へ、へぇ……ふーん、そうですか。

なんか急に緊張してきたな。もはや手が震《ふる》えてきた（？）。

「……水着も選びたいとは思っているけれど……変な目で見ないでね？」

「も、もちろんだ。いや、俺も選びたいと思ってたんだよなー」

上ずった俺の声に何を思ったのか、七瀬はちょっと不満そうな顔で俺を睨《にら》み、俺の肩《かた》を自分の肩で小突《こづ》いてきた。これ、もしかして信用されてないですか？

ショッピングモールに入ると、一気に涼しさが増す。

冷房がガンガンに効きすぎて、むしろ若干《じゃっかん》寒いまであるな。

夕飯時のせいか、レストランが集まった道に人が集まっている。

夏休み期間だからか、子供連れが多いように感じる。

俺たちのような私服姿の男女もぽつぽつと行き交《か》っていた。

「そこのスーパーに寄りましょう」

心なしかウキウキした様子の七瀬に、大人しくついていく。

買い物中の女の子に逆らってもろくなことがない。

決して「長くない？」とか「そろそろ帰らね？」とか言ってはいけないのだ。

俺はそれを波香と母さんから学んでいた。

スーパーで七瀬と共に諸々《もろもろ》の品を買い、アパレルショップに入って帽子やらサンダルやら夏服やらビーチバッグやらを選ぶ七瀬。その道中、海とは関係なさそうなものもついでに選んでいた気はするが……まあ七瀬が楽しそうなのでいいだろう。

「あれ、買わなくていいのか？」

七瀬が気に入っていた夏服を買わずに店を出たので、そう尋ねる。

「お金が無限にあるわけじゃないもの。今日は海に必要なものが優先だし……とりあえず保留ね。うん。やっぱり変に見て回ると買いたくなっちゃうわね……よくないわ」

何だか名残惜《なごりお》しそうな七瀬が最後に訪《おとず》れたのは、水着コーナーだった。

急に緊張感が高まってきた俺に対して、七瀬はいたって普通《ふつう》に水着を選んでいる。

同じクラスの美少女の水着ぐらいで緊張している俺がおかしいのか……？

「これとか、どうかしら？」

七瀬は並んでいる水着の中から一着を取り出して、試《ため》しに自分の体に当てている。

それはシンプルなデザインの三角ビキニだった。

今は服の上から、だが……七瀬がそれを着ている姿を想像すると……。

「………」

俺が黙《だま》っていると、七瀬はきょとんと小首を傾《かし》げた。

それから改めて自分の水着を見返して、徐々《じょじょ》にその顔が赤くなっていく。

「へ、変な目で見ないでって、言ったわよね……？」

「み、見てない！　見てないぞ！」

「そ、そう……」

七瀬は今更《いまさら》恥《は》ずかしいことに気づいたのか、落ち着かない様子で言う。

「や、やっぱり私、ひとりで選ぶから……灰原くんも自分の水着を選んで……」

「ま、まあ……その方が無難だよな……？」

「え、ええ。冷静に考えると、なんか詩にも悪い気がするし……」

七瀬はそんな風に言って、水着コーナーの女性向けエリアに足早に去っていく。

それぞれ別で探すという一番無難な結果に落ち着いてよかった。

決して、残念などと思ってはいない。

当然だ。俺がそんなことを思うはずがないのだ。


お互いに水着を買った後、店の前で合流する。

「どんなの買ったんだ？」

普通に聞いてから思ったけど、めちゃくちゃ気になっているみたいでキモいか？

いやでも、水着を購入《こうにゅう》した後の会話としては自然だよな……。

「別に、普通の水着よ」

「まあ、普通じゃない水着だったら驚《おどろ》くけども」

「どうせ海に行った時に分かるのだから、いいでしょう？」

「それは確かにそう」

「貴方《あなた》は？」

「どうせ海に行ったら分かるんだろ？」

七瀬と同じ言葉を返すと、ちょっと不満そうに唇《くちびる》を尖らせる。

「ごめんって。まあ実際、男の水着なんて形は決まってるし、大差ないだろ」

買った水着が入ったレジ袋《ぶくろ》の中身を見せながら言うと、七瀬はしげしげとそれを眺めてから、「ふぅん」と呟いてそっぽを向いた。いや、興味ないんかい。

「えっ？」

それから、七瀬は驚いたように目を見開く。

つられて俺も七瀬が向いていた方向に目をやると、そこにいたのは――

「あれ？　唯乃《ゆいの》ちゃんに、夏希《なつき》くん？」

――花柄《はながら》のワンピースを着た、星宮陽花里《ひかり》だった。

「わぁ、久しぶりだねー」

星宮はほわほわした表情で笑って、ぱたぱたと俺たちの方に歩いてくる。

久しぶりに見た星宮は、見慣れない私服もあいまってとても可愛い。

でも、何となく違和感《いわかん》があった。

なぜなら最初に見た瞬間《しゅんかん》、星宮は妙に暗い顔をしていた。

それが俺たちに気づいた瞬間から、急にいつも通りの笑顔に変わっている。

「二人は何してたの？　あ、バイト帰り？」

「そうね。ちょっと海に備えて、必要なものを買おうと思って」

「わぁ、いいねいいね！　どんなの買ったの？」

七瀬が購入したスキンケアグッズ等を、星宮は嬉々《きき》として眺めている。

「星宮は、どうしてここに？」

タイミングを見て尋ねると、星宮は言いづらそうに言葉を濁《にご》す。

「えっと、実はパパと一緒に来てて……」

星宮がそう言った時、後ろから近づいてくる足音に気づいた。

「──陽花里、お友達かい？」

柔和《にゅうわ》な声音が耳に届く。

振り返ると、そこにいたのは長身の男性だった。

整った顔立ちで、スーツを着ていることもあいまって理知的な印象を受ける。

「こんばんは、陽花里の父の星宮征《せい》です。唯乃ちゃんは久しぶりだね」

星宮の父親ということはそれなりの年齢《ねんれい》のはずだが、とても若く見える。

口元には優《やさ》し気《げ》な微笑を浮《う》かべており、デキる社会人って感じの見た目だった。

というか、なんか、どこかで見たことあるような……？

「お久しぶりです、征さん」

七瀬はぺこりと頭を下げる。そういえば星宮のお父さんと既知《きち》の仲だと言っていたな。

星宮のお父さんの目がこっちに向いたので慌てて俺も自己紹介して頭を下げる。

「えっと、陽花里さんにはお世話になってます、灰原夏希です」

すると星宮のお父さん――征さんは、驚いたように目を瞬《またた》かせる。

「ああ、君が夏希くんか。陽花里から話はよく聞いているよ」

「えっ、本当ですか？」

星宮が家庭で、俺の話をしているだと……!?

「一度会ってみたかったんだ。丁度いい、今から少し話を――」

「――ちょ、ちょっと！　そういうのいいから！」

顔を赤くした星宮が征さんの腕《うで》を引っ張り、話を終わらせようとする。

「何だ、陽花里。僕《ぼく》はただちょっとだけ興味を――」

「じゃ、じゃあ二人とも！　また遊ぼうね！　わたし、帰るから！」

星宮は征さんの背中を押して強引《ごういん》に運びながら、俺たちに別れを告げる。

こんなに動揺している星宮は珍《めずら》しい。なんか新鮮《しんせん》な感覚だ。

「お、おう……またな」

俺がそんな星宮に挨拶したタイミングで、征さんが足を止める。背中を押していた星宮も、きょとんとした様子で小首を傾げて、前を歩く征さんを覗《のぞ》き見た。

「――そうだ、ひとつ確認《かくにん》しておきたいことがあったんだ」

くるりと、征さんは振り向く。

星宮が背中を押して運べたのは、征さんに逆らう気がなかったからだ。

やはり大人の男の力は違《ちが》う。

征さんが話を続けるのなら、星宮にそれをやめさせる手段はない。

「陽花里が旅行に行きたいという話をしているんだ。唯乃ちゃんも一緒だろう？」

征さんの問いに、七瀬が首肯《しゅこう》する。

「ええ、そうですが」

「そうだよね。もちろん、それは構わないんだが――」

次に、征さんの視線が俺に向く。

初対面の印象が優しそうな人だったから忘れていたけど、そういえば星宮の父親は門限やルールに厳しい人だと聞いていたことを、今更《いまさら》のように思い出した。

「――君も一緒なのかい？」

とっさに、答えられなかった。

俺の反応で、答えは火を見るよりも明らかだった。

「……はい。そうですけど」

そう答えるしか残されていなかった。

何か問題があるのだろうか。俺は、何も聞かされていない。

もしかすると星宮は、男女混合だということを征さんに伝えていなかったのか？

「やっぱり、そうなのか」

征さんは淡々と、低い声音で呟く。

星宮も七瀬も、下を向いて黙り込《こ》んだ。

さっきまで和《なご》やかだった空気は、一瞬《いっしゅん》で凍《こお》り付いていた。

「陽花里」

「……はい」

「嘘《うそ》をつくのはよくないな。僕は、女子だけの旅行と聞いていたが？」

「……男の子もいるって言ったら、どうせ許可してくれないと思ったから」

星宮は反抗的《はんこうてき》な目つきで、そんな風に言う。

「……ふむ。まあ、そんなことだろうとは思っていたが」

征さんは星宮を見てから、俺を見る。その視線には大人の威圧《いあつ》感があった。

その品定めするような視線に、既視感《きしかん》を覚える。

ふと思い出す。やはり俺はこの人を知っている。話したことがある。

「株式会社スターフラットの……社長？」

その言葉で、征さんは驚いたように目を瞬かせる。

「これは驚いた。僕のことを知っているとは……正確には、副社長だけどね」

……やっぱり、そうか。

副社長なのは、ここが七年前だからだ。

七年後の世界で、星宮征は社長だった。そして株式会社スターフラットは、俺が就職活動をしていた時、第一希望で受けた会社だった。だから見覚えがあったのだ。

最終面接で、一度だけ話したことがある。

その前にも会社のホームページで顔写真と自己紹介を見たことはあった。星宮と同じ苗《みよう》字《じ》だなとは思っていたが、まさか星宮の父親だとは想像すらしていなかった。

七年後の世界で、株式会社スターフラットは数千人規模の一流企業《きぎよう》だ。

今はまだ名もない中小企業だが、この後すさまじい勢いで成長していく。

端的《たんてき》に言えば機械設備系のメーカーだ。俺が大学で研究していた分野と合致《がつち》している部分もあり、給与《きゆうよ》や待遇面《たいぐうめん》も良いことから、ここの設計・開発職を第一志望とした。

運良く一次選考、二次選考、三次選考と突破《とつぱ》したものの、最終選考である社長との面接で上手《うま》く話せず、お祈りメールが届いた。ついでにその後、三十社ぐらい落ちた。

だから俺はこの社長を恨《うら》んでいるのだ。決して逆恨《さかうら》みではない。

「会社のホームページでも見たのかな？」

「まあ、そんなところです。ちょっと御社《おんしゃ》の分野に興味があって」

なんだ御社って。落ち着け俺。就活面接じゃないんだぞ。

「へぇ、そうなのか。今から将来のことを考えているとは、有望な学生だね。成績も良いと陽花里から聞いている。大学を卒業したら、ぜひうちに来るといい。歓迎《かんげい》するよ」

いや、お前に落とされたんだが？

俺のトラウマを刺激《しげき》しないでください。

「まあ……はい。てか、すみません、話を逸らして」

「いや、すまない。急に勧誘《かんゆう》をして。僕も仕事の話になると、興奮してしまうんだ……」

俺が微妙《びみょう》な顔をすると、征さんも気まずそうに咳払《せきばら》いをする。

「さておき、本題に戻《もど》ろう」

なんか変な空気になってしまった。

征さんはそんな空気を切り替《か》えるように言う。

「――君たちには申し訳ないが、陽花里は旅行には行かせない」

黙って見守っていた星宮の表情が歪《ゆが》む。

びくり、と小さな体が震えた。

……正直、そういう話になる予感はしていた。

「それは、俺《おれ》がいるからですか？」

「陽花里の言う通り、男子が一緒の旅行なら許可はしなかっただろうね。だが、本題はそこじゃない。先ほども言ったように、嘘をつくのはよくないことだ」

征さんは星宮を冷めた目で眺めながら、淡々とした口調で言う。

言っていることは、完全に正論だ。文句のつけようもない。

「僕に対して嘘をつけば、それがまかり通ると思われるのは困る」

そもそもが他人の家庭の話だ。俺に踏《ふ》み込む資格はない。

だから俺は、何も言うことはできなかった。

「君たちには迷惑《めいわく》をかけるが、陽花里の分はキャンセルしておいてくれ」

征さんは形式的に俺たちに頭を下げると、くるりと背を向けて去っていく。

立ち尽《つ》くしている星宮と目が合う。

星宮の表情は、今にも泣きそうなほど頼《たよ》りなく見えた。

「それで、いいのか？」

思わず尋ねると、星宮は震える声で呟く。

「わたしは……」

「陽花里、行くぞ」

びくっ、と星宮の体が震える。

星宮は俯《うつむ》いたまま、征さんの背中をついていく。

振り返ることは、なかった。

＊

ショッピングモール内にあるハンバーグ屋だった。

母さんには夕食は済ませてくると連絡《れんらく》して、七瀬の対面に座《すわ》っている。

七瀬と二人でディナーという素晴《すば》らしいシチュエーションのはずなのに、俺たちの間に横たわっている空気はひどく重苦しかった。

七瀬の表情は、ずっと暗い。

何だか大変な事態になってしまった。

星宮もきっと、征さんに怒《おこ》られるだろう。

俺があの人の問いにとっさに嘘で返していれば、問題なかったんだけどな。

「貴方のせいじゃないわ」

そんな俺の思考を見透《みす》かすように、七瀬がぽつりと呟く。

「何も知らされていないのに嘘をつくなんて、無理があるでしょう」

「……七瀬は、知っていたのか？」

そう尋ねると七瀬は頷《うなず》いて、「ごめんなさい」と頭を下げてきた。

「ちょっと前から陽花里に相談されていて、嘘をつくしかないと提案したのも私よ」

そのせいで七瀬は責任を感じているらしい。だいぶ落ち込んでいる。

「……そうだったのか」

「あの人が男子との外泊《がいはく》に許可を出すとは思えないから……」

「七瀬は、星宮のお父さんと関わりあるって話だったよな？」

「昔から仲は良いから。何度か、陽花里の家に遊びに行ったこともあるの。私は許されていたけど、陽花里の友達も選んでいたから。よく話しかけられたわ」

……娘《むすめ》の友達を選んでいた、か。

あの人なら、そのぐらいは平気でするだろうな。

最終面接を受けた時の記憶《きおく》が、今更のように明瞭《めいりょう》になっていく。

『──君はやりたいことが明確なんだな』

『はい！　私は、御社でぜひとも大学時代の研究を活かし──』

『その場合、うちは向いていないかもしれない』

『……はい？』

『弊社《へいしゃ》で、やりたいことをできると思わないでくれ。君が入社した場合、君のやることは私が決める。意見を聞くこともない。分かるかね？　意志のある駒《こま》は必要ないんだ』

　その言葉に、衝撃《しょうげき》を受けた記憶がある。

　星宮征は態度こそ柔和で親しみやすいが、話せば話すほど頑固《がんこ》な性格だった。基本的に自分の意見を曲げることがない。そして、常に他人を自分の駒として考えている。

　星宮も例外じゃなく、だいぶ厳しく縛《しば》られているように見える。

　前から門限を気にしていたり、厳しい家庭だという話は聞いていたが。

「難しい問題だな。しかも今回に関しては、別に間違《まちが》ったことは言っていない」

「……そうね。実際、心配する理由は分かるもの」

　あれが心配かどうかはともかくとして、と七瀬は毒づくように補足する。

「まあ……仕方ないな。俺も星宮と一緒に行きたかったけど、ああ言われたら、無理に連れ出すことはできない。何か別の策を考えるにも……今からだと、もうコテージの予約もしちゃってるし、みんな予定を空けてくれてるから、ちょっと厳しいだろうな」

俺は星宮と一緒が良い。星宮と、一緒に海で遊びたい。

だけど現実的に考えて、星宮とはまた別の機会に遊ぼう、という話になるだろう。

やりきれない気持ちはあっても、頭のどこかはずっと冷静だった。

もし七年前の俺が今ここにいたら、征さんを説得しに突撃《とつげき》していたかもしれない。

でも今の俺に、そんな無鉄砲《むてっぽう》な真似《まね》はできない。

俺はあの時よりも、大人になってしまっていた。

「でも陽花里は……一緒に行きたいって言ったのよ」

七瀬は下を向いたまま、ぽつりと言葉を零《こぼ》した。

「お父さんが駄目《だめ》だと言っても、それでも、一緒に行きたいって……」

この件に対して、俺よりもだいぶ重く捉《とら》えているようだった。

「陽花里がそんなに強く行きたがったのは、今回が初めてだわ。普段はお父さんに説得されたら、仕方ないやって諦《あきら》めるのに。今回は、どうしても行きたいって」

「……父親に、反抗《はんこう》したことがないってことか？」

「昔はしていたわよ。でも、意味がなくて……途中《とちゅう》から諦めていたわ。どうせあの人に反抗しても無駄《むだ》だからって、ずっと親の言いなりになっていたの」

……正直、俺には想像のつかない世界だ。

俺の両親は優しかったから。何不自由なく育ててくれたから。悪いことをすれば、きちんと叱《しか》りつけてくれる。だけど普段は、俺の意志を尊重してくれた。

「だから私は、それでも行きたいって言った陽花里の願いを叶《かな》えたかった」

その結果、嘘をつくことを選んだということか。

もう星宮は、正面から征さんに反抗することはできないから。

「……食事、冷めるぞ」

七瀬の手元に置かれたままのハンバーグ定食を指差して、告げる。

俺はとっくに食べ始めていた。悲しくたって、飯を食わないと生きていけない。

七瀬はのろのろとした動作で、食事に手をつける。相当落《お》ち込んでいる。それは見ていれば分かる。けれど悲しいかな、俺には七瀬を元気づける言葉が分からなかった。

落ち込んでいる女の子を慰《なぐさ》めた経験もなく、何か解決策があるわけでもない。

少なくともこの件に関しては、征さんの言葉は正しい。

俺たちの想《おも》いは、やっていることは、子供の我儘《わがまま》でしかない。

「……私が陽花里と話すようになったのは、小学三年生ぐらいの頃《ころ》よ」

ぽつり、と。昔を思い出すように、七瀬は語り始めた。

「……同じ中学出身なのは知ってたけど、小学校も一緒だったのか？」

「ええ。陽花里が小学校の頃の話はしたがらないから、みんなには黙っていたの」

言われてみると確かに、星宮や七瀬から昔の話はあまり聞いたことがない。

「……したがらないって、どうして？」

「灰原くんも、高校デビューがバレるまでは昔の話をしなかったでしょう？」

「いやまぁ、今も別に話したくはないけどな……まず思い出したくないので……」

それと、俺にとっては七年以上前なので単に覚えてないことも多い。

「……陽花里が話さないのも、ほとんど貴方と同じ理由よ」

「星宮も高校デビューだって言いたいのか？　そんな風には見えないけど」

「陽花里の場合は、中学の頃にはもう今の感じだったわ。学校一可愛くて、元気で明るいアイドル的存在。それが星宮陽花里。でも、小学校の頃はそうじゃなかったのよ」

本当は言うべきじゃないのでしょうけれど、と七瀬は続ける。

「私が陽花里と話すようになった時、陽花里に友達はひとりもいなかったわ」

それは想像もできないような言葉だった。

語っているのが七瀬じゃなければ、信じられないぐらいには。

「地味で、大人しくて、いつも暗い表情で、喋《しゃべ》るのが苦手で、教室の端《はし》っこで縮こまりながら本を読んでいるだけの子。ずっと同じクラスだったけれど、小学三年生まではほとんど話したこともなかった。私は今よりも多少明るくて、クラスの中心にいたから」

きっかけは図書室だった、と七瀬は言う。

たまたま七瀬が気に入った小説を星宮が読んでいたから、声をかけたらしい。

——その小説、面白《おもしろ》いよね、と。

すると星宮はびくっと肩を震わせながらも、知ってるんですか？　と問いかけてきた。

それから七瀬が頷くと、星宮は勝手に語り始めたらしい。

ぎこちない語りで、ところどころつっかえながらも、この物語のどこが面白くて、素晴らしいと感じて、どれほど自分の心に響《ひび》いたのかを、必死に訴《うった》えかけてきた。

その様子を可愛らしいと思い、七瀬は星宮に興味を持つようになった。それから図書室に通う機会もなんとなく増えていき、段々と星宮は七瀬に懐《なつ》いていった。

七瀬にとって、星宮は数いる友達のひとりに追加された。

星宮にとって、七瀬はたったひとりの友達となった。

それから段々と遊ぶ機会が増え、二人は唯一無二《ゆいいつむに》の親友となっていった。

「だけど一緒にいればいるほど、陽花里が親に縛られていることがよく分かったわ」

——ごめんなさい。しばらく友達と遊んじゃ駄目なんだって。

――テストで一番を取るまで、放課後はずっと勉強って言われたから。

――誘《さそ》いは嬉しいけど、ゲームはしちゃ駄目って言われてるんだ。

――必要以上に男の子と話すのは禁止されてるんだ。だから友達になれないの。

「そんなある日。陽花里が、私を自分の家に誘ったの」

珍しいこともあるものだと七瀬は思った。しかし、そこを深く考えることもなく陽花里の家に行った。豪邸《ごうてい》というほどじゃないが、広々とした大きな一軒家《いっけんや》だった。

それから星宮と遊んだ後、なぜか征さんも交えて三人で話す機会があったらしい。

「当時は不思議に思っていたけれど、今なら分かるわ。私は試されていたのよ。陽花里の友達に相応《ふさわ》しい存在かどうか。あの値踏《ねぶ》みするような目が、今思えば不快だわ」

七瀬と一通り話してから、征さんは星宮に言った。

『――陽花里。お前もこの子のようになりなさい。何、難しい話じゃない。僕の子なんだから。真面目で規律正しく、それでいて元気で明るく愛想《あいそ》のいい子になるんだ』

「……陽花里の学校での様子が変わったのは、それからよ」

徐々に、少しずつ、星宮の性格が変わっていった。

顔を隠《かく》していたほど長い前髪《まえがみ》を切り、表情を柔《やわ》らかくして、話す時につっかえることがなくなって、声のトーンを上げて、自分から人に話しかけるようになっていった。

気づけば友達は七瀬よりも多く、七瀬よりもクラスの中心に立っていた。

「別に、今の陽花里の性格が嘘だとは思わないわ。単に昔はそうだったというだけ。今更昔の性格に戻れと言っても、きっとその方が難しいでしょう」

実際、普段《ふだん》の星宮から、演技のような部分はほとんど感じられない。

だが、ふとした瞬間に機械めいた対応を感じることはあった。

「あの子は多分、私たちが思っているよりも感情を隠すのが上手で……私たちが思うより、悩みを抱《かか》えて苦しんでいるわ。だから、少しでも助けてあげたかった」

食事の手を止めて、七瀬はようやく顔を上げた。

「……ねぇ、灰原くん」

その澄《す》んだ瞳《ひとみ》が俺を捉える。

「貴方──陽花里のこと、好き？」

それはどういう意味か、と尋ねる気は起きなかった。

どういう意味であったとしても、俺の答えは決まっていたからだ。

「もちろん、大好きだよ」

そんな俺を見て、七瀬はどこか寂し気に笑った。

七瀬は鞄《かばん》からメモ帳とペンを取り出して、さらさらと何かを書き始める。

そして、一枚のメモを俺に手渡《てわた》してきた。

「あの子の傍《そば》にいてあげて」

綺麗《きれい》な字で書かれていたのは、高崎にある喫茶店《きっさてん》の名前と住所だった。

「きっと私よりも、貴方の方が役に立つわ」

言葉の意味はよく分からなかったけど、とにかく俺は力強く頷いた。

七瀬の心の不安を、少しでも取り除けるように。

今の俺には、それぐらいしかできなかった。

＊

その翌日。

俺は、七瀬がメモで示した喫茶店を訪れていた。

高崎駅から少し離《はな》れ、寂《さび》れた路地裏にある目立たない喫茶店だった。

こんなところに客が来るのだろうか。正直、入りにくい。一見さんお断りみたいな空気を感じる。それでも、ここまで来て今更帰るわけにはいかないからな。

店の扉《とびら》を開くと、チリンと鐘《かね》の音《ね》が鳴った。寂れた外装とは裏腹に、店内の雰囲気《ふんいき》は洒《しゃ》

落《れ》ちている。全体的に古びてはいるが、綺麗に保たれているような印象を受けた。

「いらっしゃい。お好きな席へ」

壮年《そうねん》の店主が、こちらも見ずに挨拶《あいさつ》をする。

何というか、個人経営の喫茶店って感じで安心する。

店内はがらがらだった。客は二組。入口前の席でお喋りに興じている老夫婦《ろうふうふ》と、奥《おく》にある窓際《まどぎわ》の席で、パソコンを開いて何かの作業をしている眼鏡の少女だけだった。

店内を歩き、窓際の席に近づいていく。

眼鏡の少女は作業に熱中しているようだった。

だから俺が真横に立っても気づかずに、キーボードを叩《たた》き続ける。

「……星宮」

俺が声をかけると、ピタリと星宮は動きを止める。

それから、ギギギとロボットのようにぎこちない動作で俺を見上げる。

「……な、夏希くん⁉」

静かな店内に、素《す》っ頓狂《とんきょう》な叫《さけ》び声《ごえ》が響いた。

しー、と俺が人差し指を立てると、星宮は慌《あわ》てて口元を押《お》さえる。

何だなんだとこちらを向いた老夫婦に頭を下げ、星宮の対面に座った。

まだ動揺《どうよう》が収まらない様子の星宮を横目に、俺は店主を呼んでコーヒーを頼《たの》む。

店主がカウンターに戻ったタイミングで、星宮は口を開いた。

「ど、ど、ど、どうして、ここに？」

動揺しすぎだろ。

もう喋りながら目が泳いでるんだが。

注文している間に、ちょっとは落ち着きを取り戻しているかと思ったよ。

「七瀬がここの住所を教えてくれたんだ。行ってあげてって」

「わ、わたしは何も聞いてないよ⁉」

「その様子だと、そうみたいだな」

……それにしても、今日の星宮は新鮮だ。

黒ぶちで大きめの眼鏡をかけ、後《うし》ろ髪《がみ》をひとつに結んでいる。

学校では見ない恰好《かっこう》だ。オフっぽい感じが新鮮で、これもまた可愛い。

「もう、唯乃ちゃんめ……」

そんな星宮が不満げに窓の外を睨みつける。

つられて俺もそちらに目をやると、澄み渡《わた》るような青空が広がっていた。窓越《まどご》しに蝉《せみ》の鳴き声が聞こえてくる。今日も真夏の気温だ。店内は冷房《れいぼう》が効いていて助かる。

「……ごめんね、昨日は」

星宮は、ぽつりと零すような声でそう言った。

「わたし、海に行けなくなっちゃった」

「……そう、か。残念だけど、仕方ないよな」

「本当に、ごめんね。わたしが海に行きたいって言ったのに」

星宮は暗い表情を、淡《あわ》い微笑《びしょう》に変える。

「みんなで楽しんでね。わたしのことは気にしないで」

その言葉に、俺はなんと返すべきだろうか。

言葉を模索《もさく》している間に、店主が俺の席にコーヒーを運んできた。

喋らないでいられる理由を探すように、コーヒーに口をつける。ブラックの苦さが今は心地《ここち》よかった。冷房がよく効いた店で飲むホットコーヒーはやはり美味《うま》い。

「……書いていたのは、小説なのか？」

問いかける。俺の口から出てきたのは、話を逸《そ》らす言葉だった。

ただ、そっちも気になっていることではある。俺が近くに来ても気づかないほどに熱中して作業していた星宮のパソコンに映っていたのは、縦書きの文書作成ソフトだった。

「や、やっぱり……気づいちゃった？」

星宮は困ったように笑う。知られたくなかったのかな。

まあ今日まで俺も知らなかったのだから、隠していたと考える方が自然か。

「画面は見えたな。悪い、勝手に見て」

「……秘密にしてたの」

恥《は》ずかしそうな顔で、星宮はそう言った。

そんなに隠すようなことだろうか。文芸部の星宮が小説を書いていると知っても、特に違和感はない。元々、かなりの小説オタクなのは知っていたからな。

それに……昨日、七瀬から聞いた話が脳裏《のうり》を過る。

『地味で、大人しくて、いつも暗い表情で、喋るのが苦手で、教室の端っこで縮こまりながら本を読んでいるだけの子。ずっと同じクラスだったけれど、小学三年生まではほとんど話したこともなかった。私は今よりも多少明るくて、クラスの中心にいたから』

その話を聞いた時は、当時の星宮の想像すらつかなかった。

だけど今の星宮を見ると、急に現実感が湧《わ》いてくる。

「みんなには言わないでね？」

「構わないけど、何か隠す理由があるのか？」

「だって……恥ずかしいから。見せてって言われたりしたら嫌《いや》だし……それに、小説を書いているって、あんまり一般的《いっぱんてき》な趣味《しゅみ》じゃないから、変に思われそうで」

まあ言わんとすることは分からないでもない。

俺は元がオタクだから偏見《へんけん》はないが、そういう趣味に理解のない奴《やつ》は星宮への見方を変えるかもしれない。普段からつるんでいる俺たち五人は、星宮のことを、小説好きで実はオタク気質《かたぎ》な性格だと知っているが、その周りの連中はそうでもない。

明るく、誰《だれ》にでも優しく、学年一可愛《かわい》いアイドル的美少女。

そんな捉《とら》え方《かた》をしている者の方が多いだろう。

星宮自身、仲が良い人以外にはそういう表面的な対応を意図している節もある。

「分かった。周りには言わないようにする。知っているのは七瀬だけか？」

「うん。唯乃ちゃんには、昔から読んでもらったりしてるから」

「そうか……いつから小説を書いてるんだ？」

「小学校の時からかな。小説の世界にハマって、自分でも書いてみたくなったの。もし自分の頭の中にある世界を描《えが》けたら、きっと面白いものができるんじゃないかと思って」

生産型オタクの思考だ。ちなみに俺は消費型オタクなので、消費したら満足する。自分で作ってみようなんて考えたこともない。だから俺は生産型オタクを尊敬している。

消費型オタクは生産型オタクがいないと生きていけませんからね。

「じゃあ、もう長いこと趣味で続けてるんだ？」

「うん。ちっとも上手に書けるようにならないんだけどね」

あはは、と星宮は自嘲《じちょう》気味に笑った。

その視線は手元のパソコンの画面に落とされている。

「どういう小説を書いてるんだ？　……あ、あんまり聞かない方がいいか？」

七瀬には話しても、俺には話したくない可能性はある。

正直、星宮の小説はだいぶ気になるが、深掘《ふかぼ》りしない方がいいかもしれない。

そんな風にいろいろ考えていると、星宮は首を振《ふ》った。

「ううん。夏希くんなら、いいよ。唯乃ちゃんも、そのつもりで呼んだと思うから」

「……そのつもりって？」

「多分、私じゃなくて夏希くんに協力してもらえって言いたいんだと思う」

星宮の要領を得ない言葉に、俺は大きく首をひねる。

協力？　いったい何に……？

そんな俺を見て、星宮はなぜか表情を緩《ゆる》めた。

「元々、唯乃ちゃんにはわたしの小説を読んでもらって、アドバイスをもらってたんだ」

今よりもっと面白い小説にするために、と星宮は続ける。

「……その役目を、俺に替われと？」

そう推理すると、星宮は頷く。

「……いや、なんで俺？」

俺はただの一般《いっぱん》オタクであって、もちろん小説を書いたことはない。

「夏希くんはわたしと物語の趣味が合うし、小説もたくさん読んでるよね？」

「まあ、それなりには……」

「それに、小説の感想を話してる時なんかも、結構分析的《ぶんせきてき》な目線で、参考になるものが多かったんだ。そういう話を、唯乃ちゃんにもしてたの。だから……だと思う」

褒《ほ》められているのは嬉《うれ》しいが、果たして本当にそうなんだろうか。

まあ俺はツイスターやブログにアニメや漫画《まんが》の長文考察を投下しがちなタイプのオタクだから、確かに言語化能力は長《た》けているのかもしれないが……あまり実感はない。

「もちろん、迷惑じゃなかったら、だけど……」

星宮は申し訳なさそうに、うつむきながらも上目《うわめ》遣《づか》いで俺を窺《うかが》う。

……あざとすぎませんか？

以前は天然でやっていると思っていたが、七瀬の話を聞いたので若干《じゃっかん》怪《あや》しい。

その表情の可愛さに負けたわけではない。もちろん負けたわけではないが、一刻も早く星宮を安心させるために、俺は意識的に明るい調子で肯定《こうてい》する。

「いやいや、それはもちろん、大丈夫《だいじょうぶ》だよ！　星宮が書いた小説は気になるし、単純に読むのも好きだし……それに友達が頼ってくれるなら、応えたいとは思ってるから」

「ほんと？　ありがとう。やっぱり夏希くんは優しいね」

「……ただまあ、実際俺が役立つかどうかはちょっと分からないけど」

俺が煮《に》え切らない反応をしていたのは、結局自信がないという一点に尽きる。

何しろ物語の作り手に直接意見を言うなんてやったことがない。

「素直《すなお》な感想を伝えてくれたら、それでいいよ。修正の仕方は自分で考えるから」

星宮はそう言ってから、脇《わき》に置かれた鞄の中をごそごそと漁《あさ》る。

やがて、分厚い紙束を渡してきた。それは紙に印刷された小説だった。

「一応、完成はしてるんだけど……展開に悩《なや》んでるんだ」

タイトルは『夏の海の物語（仮）』と書かれている。

いったん仮題を置いているだけで、まだ決めていないのだろう。

冒頭《ぼうとう》に目をやる。こなれた情景描写《びょうしゃ》だった。読んでいて違和感《いわかん》がない。つまり読みやすい文章だった。プロと比較《ひかく》しても遜色《そんしょく》ない。これを、星宮が書いているのか。

「ここで読んでもいいか？」

「え、いいけど……本一冊分の分量あるよ？」

「俺、読むのは結構速い方だから。せっかくだし、この場で何か言えたらなって」

それに、この喫茶店は居心地《いごこち》が良い。読書に向いていると思う。

決して、星宮と一緒《いっしょ》にいる時間を少しでも長くしたいわけではない。もちろんだ。

「じゃあ……わたしは、他の作業しながら待ってるね」

星宮はそう言いながらも、ちらちらと俺の方を窺っている。

その視線は気になったが、文字を追っていると、すぐに物語の世界に沈《しず》んでいった。

——少年と少女が、波打ち際《なみうちぎわ》で出会うシーンから始まった。

内容はどうやら青春ミステリ系らしい。

舞台《ぶたい》は、海沿いにある高校。

日常のちょっとした謎《なぞ》を、頭の良い少女と行動力のある少年が解決していく。

ライトノベル的な雰囲気も感じるコミカルな会話が面白い。

謎の説明の仕方が分かりにくいとか、解決方法が妙《みょう》にあっさりしているとか、気になるところは多少あるものの、ぶっ通しで読み進められるぐらいには面白い。

やがて少女は少年に恋《こい》をする。

頭が良かったはずの少女が初恋《はつこい》でパニックになりつつも、どうにか少年にアプローチをかけ、あなたが好きだと告白する。しかし、少年の過去には秘密があって――。

「……そういうことか」

呟《つぶや》きと共に、物語が幕を閉じる。

意識が現実に戻っていく。

紙束から顔を上げると、星宮がじっと俺を見ていた。

俺と目が合ったことに気づき、星宮はびくっと肩《かた》を震《ふる》わせて視線を逸らす。なんか下手な口笛を吹《ふ》き始めたが、もう手遅《ておく》れだろ。そもそも口笛ができてないんだが。

口で風を切っている星宮はさておき、俺は肩を揉《も》みながら首を回す。

長時間同じ体勢でいたせいか肩が凝《こ》っている。時計を見ると、いつの間にか二時間が経過していた。喉《のど》が渇《かわ》いていたのと席代を兼《か》ねて、アイスティーを注文する。

「ど、どうだった……？」

おそるおそる、といった調子で星宮が尋《たず》ねてくる。

「面白かったよ。星宮はすごいな」

まずは端的に感想を伝えると、星宮は「ほんと？」と嬉しそうに笑った。

正直、思っていたよりもはるかに面白かった。

ちょっとなめていた。星宮がこんな物語を書けるとは思ってもいなかった。

「夏希くんに褒めてもらえるのは、嬉しいな」

……さておき、この作品を読んで、最初に浮《う》かんだ疑問があった。

「もしかして星宮が海に行きたいって言ったのは、この作品のためか？」

――夏の海の物語。仮題とはいえ、そう端的に名づけられる程度には、この作品の重要な要素だった。しかし星宮は俺の問いに、複雑そうな顔をしながら首を振る。

「……その要素がないとは言い切れないけど、違《ちが》うかな。わたしは単に、海に行きたいなと思っただけで……そう思うぐらいには海が好きだから、この話を書いたんだ」

星宮は寂《さび》し気《げ》に窓の向こうを見つめて、頰杖《ほおづえ》をつきながら言った。

「……みんなと一緒に海で遊べたら、楽しそうだよね」

その表情を見て、失敗を悟《さと》る。

純粋《じゅんすい》な疑問だったが、星宮としては良い気分じゃないだろう。

自分が行けなくなった旅行のことを蒸《む》し返したのだから。

「……悪い。余計なこと聞いたな」

「あ、えと、ごめん、変な反応して。大丈夫だよ、ぜんぜん。これを読んだら、そう思うのは当然だよね。実際、いざ行ったらお話に役立てようとは考えると思うから」

星宮は慌てたように言う。

そんな反応をするつもりじゃなかった、という感じだった。

お互《たが》いに反省する俺たち。僅《わず》かな沈黙《ちんもく》があり、そういう時間を見計らっているかのように店主がやってきて、丁寧《ていねい》な仕草でアイスティーをテーブルに置いて去っていく。

「そ、それで……どう思った？　細かい感想が聞けたら嬉しいかな……」

星宮が恥ずかしそうにしながらも尋ねてくる。

「そうだな。まず文章が良かったな。読みやすいし、スッと頭に入ってきた。主役二人のキャラも良かったし、推理部分もよかった。ただ、気になったのが……終盤《しゅうばん》かな」

「やっぱり……夏希くんもそう思う？」

星宮も自覚があったらしい。俺は頷いて肯定する。

「うん。恋愛《れんあい》を絡《から》めつつ、少年の過去を追う話だと思うんだけど……」

……何というか、いきなりリアリティがなくなったような感覚があった。少年のキャラも急に変化して違和感を覚えたし、問題の解決方法もだいぶ強引《ごういん》に感じてしまう。

そんな意見を多少オブラートに包みながら伝えると、星宮は頷く。

「わたしも、そこで悩んでて……」

星宮はパソコンの画面に目を落としながら、考《かんが》え込《こ》んでいる。

……俺は何か意見するべきだろうか？

聞きたいことや言いたいことはいろいろある。

だが、本当にそれを言うべきだろうか？　星宮はどこまで求めているのだろう。

「なぁ、前提を確認《かくにん》してもいいか？」

だから、星宮にそう尋ねた。

目指すものに応じて、出すべき意見も変わってくる。

「星宮はこの小説をどうするつもりなんだ？」

「どうする……っていうのは？」

きょとんとした様子の星宮に、何本か指を立てながら説明する。

「自分で満足するものを作りたいのか、それとも誰かに面白いと思ってもらいたいのか、もしくは何か小説の賞に出したいのか、プロの小説家になりたいのか……星宮の目標に応じて、俺の意見も変わるな、と思ったからさ」

正直、アマチュアの作品としては十分に面白いんじゃないかと思う。

手放しで褒めてもいいぐらいだ。これを俺と同じ高校生が書いたと言われたら驚《おどろ》く。

……俺が本当に同じ高校生と定義できるのかは疑問だが、そこはどうでもいい。

星宮の小説をパラパラとめくり、読み返しながら考えていると、

「――全部、かな」

強い語気の言葉が、耳に届いた。

顔を上げると、星宮は真剣《しんけん》な顔で俺を見ている。

いつもほわほわしていて、柔らかく微笑している星宮と同一人物とは思えない。

「自分でも満足する作品にしたいし、夏希くんや唯乃ちゃん……読んでくれた人を満足させる作品にもしたいし、それができたら、小説の賞にも出そうと思ってるし……」

そして、宣言する。まるで自分に言い聞かせるかのように。

「……いずれは、小説家になりたいんだ」

強い意志を感じる。

それでいて、どこか思《おも》い詰《つ》めているような様子にも見えた。

最近の星宮は、特に夏休みに入る前あたりから、妙に不安定な気がする。笑っていたのに急に暗い顔になったり……感情がころころ変わっているような感覚がある。

「もちろん応援《おうえん》するし、俺でよかったら協力するよ」

ただ、それを俺が指摘《してき》したところで、何かが変わるとは思えない。

だから俺は無難な言葉を選ぶ。

もちろん友達の夢に協力したい気持ちに嘘《うそ》はない。

他の人には隠している星宮の秘密に触《ふ》れることができたのも嬉しい。

「……こうやって言葉にしたのは、初めてなんだ。ちょっと、どきどきしてる」

星宮は自分の胸を押さえながら、そんな風に言う。

「……うん。わたしは、小説家になりたい。だから、夏希くんの意見が聞きたいな」

「分かった。じゃあ、気になる点を指摘するぞ。まずは冒頭から――」

思いつく限りの点を指摘し、星宮はそれをメモする。

問題の改善方法をお互いに考えて、納得《なっとく》できたら次に行く。

「ここは、説明が足りないかも。何が起きたのかよく分からなかった」

「うーん……他の説明パートが長いから、削《けず》りたかったんだよね。どうしよう？」

「台詞《せりふ》で説明させてもいいかもな。地の文でやるより読みやすくもなるから」

「あ、そっか！　そうだね。だったら――」

そんな作業の繰《く》り返《かえ》しだった。

楽しかった。

純粋に、真剣に何かをやることは面白かった。

本気で物語をより良くしようと考えている星宮に、触発《しょくはつ》されていた。

「じゃあここは……こうして……」

ぶつぶつと、星宮は画面を見ながら何かを呟いている。

お互いに一息ついたタイミングで窓の外を見ると、空は茜色《あかねいろ》に染まっている。

すでに飲み干しているアイスティーの氷が溶《と》け、グラス内に水溜《みずた》まりを作っていた。

「げ……もうこんな時間か」

時計を見ながら呟くと、星宮が「え？」と首をひねる。

それから腕時計《うでどけい》に目をやって、「あ！」と大きく口を開いた。

「ご、ごめん！　夏希くん！　わたし……」

「門限か？　悪い、俺《おれ》もこんな時間が経《た》ってるとは思わなかった」

「そうなの！　旅行の件で怒《おこ》られたばっかりなのに、また怒られちゃう……っ！」

顔を青くする星宮。よっぽど征さんが怖《こわ》いんだろうな。

「俺のことは気にせずに、早く帰っていいよ」

「うん、その、本当にごめんね？　付き合ってくれたのに、こんな急に……」

「大丈夫だって。夏休みなら、いつでも暇《ひま》だから。また呼んでくれ」

本心からそう伝えると、慌てて帰宅準備を整えた星宮は俺の手を取った。

……俺の手を取った？

え？　ん？　なぜか星宮が俺の右手を両手で握《にぎ》っている。

「今日はありがと、夏希くん。本当に、嬉しかったよ」

至近距離《きょり》で、星宮が言う。

近くで見ると、余計に顔が良かった。

白磁のような肌《はだ》にはシミ一つなく、ぱっちりと大きな目が真《ま》っ直《す》ぐに俺を映している。

「──わたし、頑張《がんば》るから」

星宮は「ごちそうさまです！」と店主に挨拶して、駆《か》け足《あし》で店を去っていく。

店主は無言のまま礼を返していた。

ここは星宮の行きつけの店なんだろうな。お互いに馴染《なじ》みがありそうな感じだった。

……ところで星宮、お会計は？？？

＊

その日の夜。

家に帰ると、星宮から電話がかかってきた。

「はいはい、どうもどうも」

軽いノリで挨拶したものの、返答がない。

「……星宮？　聞こえてる？」

そう尋ねると、いつもより暗い調子で星宮が答えた。

「……うん。夏希くん、ごめんね今日は。会計、忘れちゃって……」

「あれぐらい気にしなくていいよ。俺バイトしてるし、たまには奢《おご》らせてよ」

「ううん。ちゃんと返すね。ていうか、わたしの小説に協力してくれたんだから、むしろわたしが奢るべきだと思う。ほんとにごめん、わたし、慌てちゃって……」

「星宮がそう言うなら、星宮の分は受け取るけど、自分の分は自分で払《はら》うよ。そもそも俺は勝手に星宮のところに押しかけただけだし、マジで気にしないでくれ」

そんな押《お》し問答《もんどう》の末、星宮は自分の分だけ俺に返すという結論に落ち着く。

「じゃあ、次に会う時とかで――」

「――ううん。ね、今から返しに行ってもいい？」

「今から……？」

俺は部屋の時計を見る。

すでに、二十二時を回っていた。

どう考えても、門限のある星宮が外に出られる時間じゃない。

「夏希くんの最寄《もよ》り駅ってここだよね？」

そんな言葉と共に、星宮から写真が送られてくる。

それは、俺の地元駅の駅名が書かれた掲示板《けいじばん》の写真だった。

空は暗い。つまり夜に撮《と》られた写真だ。

星宮がこんな田舎《いなか》の無人駅に来た経験があるとは思えない。名前を言えばいいところをわざわざ写真で送ってくるということは、今そこにいると示している。

「——わたし、家出したの。だから、もう門限はないんだ」

星宮の淡々《たんたん》とした調子の宣言を受けて、思わず思考が止まる。

ど、どうすればいい？

おおお、落ち着け、灰原夏希。事情は後回しでいい。とにかく、こんな夜中に田舎の無人駅で星宮がひとりなのは危ない。まずは会って、話を聞こう。

「ちょ、ちょっとそこで待っててくれ！」

俺は電話を繋《つな》いだまま、慌てて家を飛び出した。

＊

夜は気温が下がっているとはいえ、もちろん走れば汗《あせ》をかく。

　だらだらと汗を垂らしながらも何とか地元駅に辿《たど》り着く。ここまで急ぐ必要はなかったかもしれないが、気が動転していたので歩いていられるほどの余裕《よゆう》がなかった。

　田舎駅でも街灯のひとつはついている。星宮は石段に座《すわ》っていた。

　表情は暗いが、とりあえず無事でいることにほっとする。

　星宮は近づく俺に気づいて立ち上がった。

「……夏希くん。ごめんね、急に押しかけて」

「いやいや、それはいいんだけど……家出したって本当なのか？」

「うん。パパといろいろあって、もう無理だなと思って、飛び出しちゃった」

　あはは、と星宮は笑う。

　どう見ても空元気だった。

「とにかく、喫茶店のお代だけ先に返すね？」

　星宮が千円札を差し出してきたので、受け取る。

「……そのためだけに、こんなところまで来たのか？」

「……うんって言ったら、信じてくれる？」

「そういうことにすることぐらいは、できるけど」

「……ごめんね、嘘だよ。本当は、夏希くんに会いたかったから。その口実に、自分のミスを使うなんて、最低だよね。ごめんね、わたし……駄目《だめ》なんだ。何をやっても」

星宮の精神状態が不安定なのは間違《まちが》いない。

家に帰った方がいいなんて正論が通用する場面じゃないだろう。

とにかく今は一緒にいてあげることだ。

落ち着いたら話を聞いて、解決策を考えよう。

しかし、いつまでもこんな無人駅に留《とど》まるわけにはいかない。

「大丈夫だよ星宮。大丈夫だから」

とはいえ、どうする？

そろそろ終電も近づいている。

電車に乗るなら、次の列車しかない。

だけど、乗ったところでどこに向かえばいい？

家には帰れないのだから。

「……いったん、うちに来るか？」

この田舎町《いなかまち》では、それしか選択肢《せんたくし》がなかった。

今日はたまたま母親が祖母の家に泊《と》まっているのでいない。妹はいるけど。

星宮は申し訳なさそうな表情になるが、迷った末にこくりと頷《うなず》く。

他にあてがないのだろう。七瀬を頼《たよ》らなかった理由はちょっと気になるな。もし俺が七瀬より優先されたという話なら男として嬉しいが、現実的に考えて違うとは思う。

「……」

「……」

二人並んで、夏の夜道を歩く。

星宮と一緒に、俺の家に向かっている。

夢のようなシチュエーションだが、それを喜べる状況《じょうきょう》じゃない。

単純に星宮が心配だ。今もずっと俯《うつむ》いている。

この後どうするかも考えていなかったし、まともな精神状態じゃない。

そして現実的な問題もある。

家出と簡単に言ってはいるが、星宮は女の子で、しかも夜だ。警察沙汰《ざた》になっていてもおかしくない。そんな状況で俺の家に呼ぶのは、正直だいぶリスクを負っている。

「星宮、その……」

言い淀《よど》んだ俺の様子で察したのだろう。

「……警察に通報することは、ないと思う」

星宮は、ぽつりと呟いた。

「そんなことをしたら、家の評判に影響《えいきょう》するから」

「……そうか」

「今頃《いまごろ》、捜《さが》してると思う。多分、唯乃ちゃんの家に行ったと思ってて、だから気にしてなかったけど、そこにもいないって分かって、慌てて捜してるんじゃないかな」

「……星宮が俺のところに来た理由は、それか？」

「パパはわたしの頼る先が、唯乃ちゃんしかいないって思ってるから。巻き込んで、ごめんなさい。別に、ひとりで家出すればいいのに、最初はそうするつもりで、電車でどこか遠くまで逃《に》げるつもりだったのに、夏希くんのことを思い出して、喫茶店のお金を払ってないことにも気づいて、それを理由に、夏希くんに頼っちゃって……」

声が震えている。

涙《なみだ》をこらえているような声色《こわいろ》だった。

「いいんだよ、頼ってくれて。友達が困ってるんだ、助けるのは当然だろ」

自分で言ってから、クサい台詞だなと思った。でも本心だ。

それに、星宮が悪いならともかく、おそらく原因は征さんにあるからな。

まあ事情を聞いてみないと分からないんだけど。

「……怖い、な」

星宮は歩きながらも、震える腕《うで》を自分で押さえつけていた。

「こうやって、パパに逆らったのは久しぶりだから」

「……星宮」

「幼い頃《ころ》、パパに逆らう度《たび》にこっぴどく叱《しか》られて、それからずっと、パパの言う通りに生活してきたから。わたしね、ずっと……パパの操《あやつ》り人形《にんぎょう》だったんだ」

他人の家庭だが、何となく想像はつく。

それはショッピングモールで、星宮と征さんのやり取りを見たからだろう。

「夏希くんも見たでしょ？　ああいう人なんだ」

「……ああ」

多分、星宮が思うよりは知っている。

あの人が娘《むすめ》の意思を尊重してくれるとは思えない。

「ずっとね、あの人の理想の娘を演じてたの。逆らっても意味がないから。あの人が嫌がることはしないで、欲《ほ》しいものがあっても諦《あきら》めて、あの人が好きな性格になって」

星宮は、俺よりも少し前に出て、空を仰《あお》ぎながら語る。

「……わたしね、昔は暗くて、大人しい性格の、地味な女の子だったんだよ？」

それから、くるりと振り向いて明るく笑った。

「あの人が嫌がるから、やめたんだ。明るい性格にしたの。いつも明るくて、元気で、可愛くて、みんなに笑顔《えがお》を振りまく学校の人気者……それを、わたしってことにした」

空元気だと分かっているのに、俺には普段《ふだん》の笑い方との違いが分からなかった。

それから星宮は、すっと表情を消す。

「昔から小説を書いてたおかげなのかな？　自分で設定した性格を演じるのは、そんなに苦じゃなかったんだ。勉強や運動は、頑張ってもそんなにできるようにはならなかったんだけど、パパ好みの性格や容姿になったから、怒られることはなくなったんだ」

七瀬からも聞いた話だが、本人の口から聞くと重みが違う。

ここにいるのは、俺が知らない星宮陽花里だった。

「ね、夏希くん。……可愛いでしょ？　わたし」

正面に立つ星宮が、淡く微笑する。

俺は足を止めて、その言葉に頷いた。

「可愛くなろうと頑張ったんだ。せめて可愛くないと、パパに嫌《きら》われちゃうから。本当は綺麗《きれい》でカッコいい人になりたかったけど、パパが好きなのはこういうわたしだから」

ふと、過去の記憶《きおく》が脳裏を過る。

『あはは、冗談《じょうだん》だよ。わたし自身、中性的なファッションの方が好きなんだよね。メンズでも気に入ったら買っちゃうし。カッコいいって言ってくれて嬉しいな』

『……ただ、これでも努力してるし、綺麗だとは思ってもらいたいな』

『だって……恥ずかしいから。見せてって言われたりしたら嫌だし……それに、小説を書いているって、あんまり一般的な趣味じゃないから、変に思われそうで』

何となく、ちぐはぐさを感じてはいた。

普段の言動や行動と、好きなものや趣味の不一致《ふいっち》に。

別に、気になるほどのことじゃない。そういうギャップのある人なんだな、と感じる程度のものだ。だけど今の話を聞くと、すとんと腑《ふ》に落ちるような感覚がある。

「……ね、夏希くん。失望しちゃった？」

星宮の問いかけに首を横に振る。

「……するわけないだろ。俺にとって、星宮は星宮だ」

「……わたしが、夏希くんならそう言うだろうって、考えてから言ってるとしても？」

「確かにそれは、俺の知らない星宮陽花里だよ」

でも、と俺は続ける。

「人間なら誰にだって秘密とか、人には見せない顔とか、まあいろいろあるだろ。俺にもある。だから、それが人よりちょっと強いからって、別に俺は気にしない」

俺だって、みんなに見せていない部分はある。

竜也《たつや》の一件の時に少しは曝《さら》け出したけど、隠《かく》していることは当然ある。

七年後の世界からタイムリープしてきたことだって、誰にも話したことはない。

それが悪いことだとも思っていない。全部話せばいいってものじゃないと思うから。

「夏希くん……」

茫然《ぼうぜん》と佇《たたず》んでいる星宮の横を通り抜《ぬ》けて、俺は足を進める。

「行くぞ。そろそろ、家に着くから」

人気《ひとけ》がないとはいえ、住宅街の通りの真ん中でする話じゃない。

どういう対応をするかは迷った。

もっと優《やさ》しい言葉もあったと思う。

でも俺は、本心を伝えることを選んだ。

だから少し冷たく聞こえたかもしれない。

だけど俺は、俺の言葉が間違っているとは思わなかった。

＊

家に着いたので、玄関《げんかん》の扉《とびら》を開ける。

出迎《でむか》えはなかった。波香はおそらくリビングで漫画でも読んでいるだろう。

丁度いい。今のうちに部屋まで入ってしまおう。

「お邪魔《じゃま》しまーす……」

星宮はちょっと緊張《きんちょう》した様子で、ささやくように言う。

俺は口元に人差し指を立て、二人で静かに二階へと上がっていく。

自分の部屋に星宮を案内して、とりあえず椅子《いす》に座らせた。俺は自分のベッドに腰《こし》を下ろす。星宮は身を縮こまらせながらも、きょろきょろと周囲を見回している。

「ここが、夏希くんの部屋なんだね」

……部屋、掃除《そうじ》しておいてよかったぜ。

夏休みに入って暇だから、ちょうど大掃除《おおそうじ》したばかりなんだよな。

「男の子の部屋に入ったの、初めてだな。結構綺麗なんだね」

「そ、そうだろう。うむ。そうなのだよ」

深夜に、自分の部屋。

好きな女の子と二人きり。

今更緊張《いまさらきんちょう》してきた俺がコクコクと頷くと、「何その口調」と星宮は笑った。

勉強机に椅子。箪笥《たんす》とベッドと本棚《ほんだな》。特におかしなものはないと思う。

強《し》いて言うなら、本棚に収められている小説や漫画が多すぎることぐらいか。

「あ、このシリーズ面白《おもしろ》いよね～」

星宮は本棚から人気ラノベを取り出して、ぱらぱらとめくる。

基本はミステリ畑の星宮だが、俺と同じく雑食派なので何でも読むらしい。

「人の本棚を見るの面白いよね。趣味がよく分かるから」

「……あんまりじっと見られると恥《は》ずかしいんだが」

「ふふ、やっぱり夏希くんってオタクなんだね。知識としては分かってたけど、ようやく実感が湧《わ》いた気がするなー。あ、『シノの旅』も全巻ある。これもめっちゃ面白いよね」

嬉々《きき》として人の本棚を漁る星宮はとても楽しそうだ。

今だけは、他のことを考えないようにしているのかもしれない。

俺は俺で、星宮がここにいる状況に慣れるまで、もう少し時間が必要だ。

ちょっと落ち着こう――と思ったタイミングで、部屋の扉が開いた。

「あっ」

「ねぇお兄ちゃん。『マルト』の続き貸して――」

国民的大人気忍者漫画《にんじゃまんが》の束を脇に抱《かか》えていた波香は、ぱちぱちと目を瞬《またた》かせる。

本棚の前に立つ星宮を見ながら、波香は完全に停止していた。

「……こ、こんばんは？」

星宮が、ぎこちなく頭を下げる。

「……あ。えと、はい。あの、こんばんは……」

波香も心ここにあらずといった調子ながらも、何とか返答に成功する。

「……その、お、お邪魔しました……」

波香は国民的大人気忍者漫画の束を脇に抱えたまま、部屋の扉を閉じた。

星宮と目が合い、お互いに苦笑《くしょう》する。

……いやまあ、隠し通すのは無理だと思うし説明するつもりではいたけども。

後回しにした結果、ちょっと面倒《めんどう》な事態になってしまった。

仕方なく立ち上がると、星宮が申し訳なさそうに頭を下げてくる。

「……ごめんね、迷惑《めいわく》かけちゃって」

「まあ大丈夫だよ。ちょっと説明すれば分かってくれるさ」

そんなわけないが、とりあえずそう言ってみた。星宮を安心させるために。

＊

リビングに降りると、波香が俺の胸倉《むなぐら》を掴《つか》んできた。

「だ、だ、誰《だれ》あの人⁉　彼女《かのじょ》⁉」

「そうじゃない。ちょっと事情があって連れてきたんだ。泊まるかもしれない」

「彼女じゃないって、逆にまずくない⁉」

「いろいろあるんだって。要は学校の友達だよ」

「お兄ちゃんが女の子連れてくるなんて、しかもあんなに可愛《かわい》い……」

「おーい、話聞いてるか？」

「どうするの？　お母さんに連絡《れんらく》した方がいい？」

「いや……説明するのも面倒だからいいよ。どうせ明日の夕方まで帰ってこないんだろ」

厳密に言えば、母さんから星宮の親に伝わることを避《さ》けたいからだけど。

「わ、分かった。任せてお兄ちゃん！」

波香はなぜかハイテンションに親指を立てる。気が動転してないか？

「……あの、今日あたし、リビングで寝《ね》た方がいい？」

謎の質問に眉《まゆ》をひそめるが、直後に気づく。

俺と妹の部屋は二階で、リビングは一階にある。

「……その、音とか、アレだったら……」

真っ赤な顔でごにょごにょ言っている波香の頭を小突《こづ》いた。

「彼女じゃないって言ってるだろ」

「じゃあ……するだけの仲ってこと!?」

「落ち着けアホ。何もしないから気にするな」

とりあえず頭を撫《な》でてみると、波香は段々落ち着いてきたらしい。

しかし、はっと正気に戻《もど》ったかのように俺の手を振《ふ》り払い、「キモい！」と真っ赤な顔で言ってきた。そんなに嫌《いや》がるなんて、お兄ちゃん悲しいよ……。

「……てか、あの人って、星宮陽花里さん？」

ようやく落ち着いた波香が、そう尋ねてきたので驚く俺。

「知ってるのか？」

「やっぱり、そうなんだ。ミンスタで見たことあるだけ。あの人、涼鳴《りょうめい》で一番可愛いって有名じゃん。うちのクラスの男子とか、ミンスタで星宮さん見てたりするよ」

星宮ってそんなに有名なのか……。

波香が通う中学から涼鳴って距離も遠ければ関わりもないのに。

確かにミンスタのフォロワー数や投稿《とうこう》のいいね数がやたら多いなとは思っていたけど。

「てか、実物ほんとに可愛いんだね……もう一回見ていい？」

おずおずと尋ねてきた波香に、「さっさと寝ろ」と言って俺は部屋に戻った。

＊

部屋に戻ると、星宮はぼうっとした様子で天井《てんじょう》を眺《なが》めていた。

床《ゆか》に敷《し》いているカーペットの上に座り、ベッドに背を預けている。

「……妹さん、説得できた？」

「まあ、何とかな」

そう答えつつ、星宮の隣《となり》に座る。

部屋に沈黙が降りて、急に現実感が湧いてくる。

蒸し暑《あつ》いので冷房《れいぼう》をつける。駅まで走ったせいで汗が気持ち悪かった。風呂《ふろ》に入らなければならない。……俺だけじゃなく、星宮もだ。考えないようにしていたが、今から他の場所に行くのは現実味がない。つまり星宮はもう、うちに泊まるしかない。

「……泊まっていくか？」

俺の今更《いまさら》のような問いかけに、「……うん」と星宮は頷く。

「シャワー浴びたいだろ？　バスタオルとか着替《きが》えは用意するから」

「あ、着替えは持ってるよ。家出して、本当はホテルに泊まるつもりだったから」

星宮はそう言って、脇《わき》に置いてあるリュックサックをぽんぽんと叩《たた》く。

昼間に持っていた鞄《かばん》よりも大きいとは思っていたが、準備はしているんだな。

どうやら、勢い余って飛び出してきたってわけじゃないらしい。

「風呂は一階だから」

「うん」

なぜかお互いに口数が少なくなっている気がする。

俺は、もちろん緊張しているからだ。星宮も、緊張しているのだろうか。

階段を下りて、風呂場《ふろば》に案内する。

リビングの電気は消えていた。波香は部屋に戻ったのだろう。

星宮は部屋から持ってきた着替え用の荷物を、洗濯機《せんたくき》の脇に置く。

「バスタオルはそこにあるから。シャンプーとかも自由に使っていい」

星宮はこくりと頷く。

「じゃ……俺は、リビングで待ってるから」

そう伝えて、風呂場から逃げる俺。

今から家の風呂に星宮が入るのだと思うと、余計なことを考えてしまう。

その妄想《もうそう》を振り払うために、リビングの電気とテレビを点《つ》けた。

リモコンを操作して適当な音楽番組を映すが、まったく集中できない。

風呂場の方から僅かにシャワーの音が漏《も》れ聞こえする。リビングの扉を閉めると、何とか音のシャットアウトに成功した。ゆっくりと深呼吸して、意識を切り替《か》える。

星宮は今、弱っているんだ。だから俺を頼ってくれている。頼られている俺が、そんな邪《よこしま》なことを考えてはいけない。俺が、星宮の心の拠《よ》り所《どころ》になってあげるんだ。

そんな強靭《きょうじん》な意志を持ちながら、音楽番組を見続ける。

何の音楽が流れているのかすら把握《はあく》できないまま、時間が経過していく。

……どれくらいの時間が経ったのだろうか。

こんこん、とノックの音が響《ひび》く。リビングの扉を開いた。

「……ありがと、お風呂貸してくれて」

髪《かみ》がまだ濡《ぬ》れたままの星宮が、リビングに入ってくる。

いわゆるパジャマという感じの恰好《かっこう》じゃなかった。大きめの白いTシャツに、綿生地《きじ》のショートパンツを穿《は》いている。ショートパンツの丈《たけ》が短いから、一瞬《いっしゅん》Tシャツしか着ていないようにも見えた。その二枚の境界線から、艶《なま》めかしい太ももが覗《のぞ》いている。

思わず、ごくりと唾《つば》を呑《の》んだ。

「ね、コンセントある？」

星宮は俺の心境を知っているのかいないのか、きょろきょろと周囲を見回す。

その手にはドライヤーを持っていた。うちのものじゃない。持参したものだろう。

「そこにあるよ」

俺が座っているソファの横を指差すと、星宮が自然と隣に座る。

それから、ドライヤーで髪を乾《かわ》かし始めた。

「夏希くんは、入らないの？」

「あ、ああ……そうだな。じゃあ、入ってくるよ」

そう答えてリビングから逃げたはいいものの、風呂場にも問題があった。

……何というか、星宮が浴びた後のシャワーだと思うと、非常にアレではある。残り香のような甘《あま》い匂《にお》いが感じられなくもなかった。ま、まずい！　何も考えるな！

無だ。今ここで、俺は無の心を手に入れる——。

バトル漫画《まんが》バリの精神修行《しゅぎょう》をこなしつつ、何とかシャワーから上がる俺だった。

＊

リビングで髪を乾かし終えた星宮と、俺の部屋に戻る。

「客用の布団《ふとん》ならあるけど……どこに敷く？」

クローゼットを空けて布団の存在を確かめながら、星宮に問いかける。

星宮も女の子だ。俺と同じ部屋に寝るのは怖いかもしれない。

今日は親が帰ってこないわけだし、リビングに布団を敷いて寝ることはできる。

そんな説明をすると、星宮はふるふると首を横に振った。

「……一緒《いっしょ》に、いてほしいな」

震《ふる》えた声で言われて、俺は何も言わずに頷いた。

ベッド横のカーペットの上に、布団を敷く。星宮はその上に体育座りをした。

さっき冷蔵庫から取ってきた麦茶をコップに入れる。

星宮にも手渡《てわた》すと、「……冷たい」と言いながら、少しずつ飲んでいた。

ベッドの上に座る俺は、ベッドに背を預けている星宮を見下ろす形になる。星宮が眺めているスマホの画面が、ちらっと見えた。そこには不在着信が大量に溢《あふ》れていた。

「……電話、かけないと」

「……そうだな。無事だってことぐらいは、知らせた方がいい」

そのタイミングで、もう一度着信が入る。表示名はもちろん星宮征だった。星宮が着信音もブザーも切っているから、画面に表示され続けているだけで、音は鳴らない。

出ないと、と星宮は言った。その顔は青ざめて、手は震えていた。俺はベッドの上から星宮の隣に降りて、スマホを持っている側とは反対側の手を――勇気を出して握る。

星宮は驚《おどろ》いたように俺を見る。

それから、強く握り返してきた。

「……もしもし」

『陽花里⁉ 今、どこにいる⁉ 心配したんだぞ！』

ひどく焦《あせ》っている様子だった。

少なくとも、その言葉に嘘はないと思う。

「……ごめんなさい」

『家出などとふざけた真似《まね》をしていないで、早く帰ってきなさい！ とにかく、今いる場所を教えるんだ！ これから僕《ぼく》が迎《むか》えに行くから！』

怒号《どごう》のような声が聞こえてきた。

言っている内容はともかく、声に優しさは欠片《かけら》もなかった。

ぎゅ、と。星宮の細い指が、俺の掌《てのひら》を強く握る。

「……ねぇ、パパ。わたし、帰らないよ」

震えた声音《こわね》で、それでも星宮は気丈《きじょう》に宣言する。

『陽花里？　どうしたんだ、急に。今日、小説を辞《や》めろと言ったせいなのか？　あれはお前のためを思って言っているんだ。もっと有意義な生活を送れるはずなんだ。それが理解できないお前じゃないだろう？　お前は、そんな聞き分けのない子じゃなかった』

……小説を辞めろだって？

そんなことを言われたのか？

もっと有意義な生活？　……何だ、それは？

幼い頃から続けてきた星宮の趣味《しゅみ》を、そんなくだらない理由で否定したのか？

「違《ちが》うよ、パパ。わたしは、そんな子だよ。今までは、押《お》し殺してきただけなんだよ」

『何を言っている？　僕は、そんなことを言う子に育てた覚えはない』

「そうだよね。わたしだって、本当はこんなことを言うつもりはなかった。もう、何もかも諦めてたから。全部、パパの言う通りにしていればいいやって思ってたの。逆らわなければ、怒られることはないから。他の子より自由がなくても、仕方ないやって」

小さな叫《さけ》び声《ごえ》のように、星宮は語り続ける。

「……でもね、やっぱり駄目なんだ。全部諦めるなんて、できないよ。パパが駄目だって言っても、どうしてもやりたいことだってあるよ。ずっと続けてきた小説を辞めることなんてできないよ。小説家になる夢を、諦めることなんて、できない」

『陽花里、何度も言うが、僕はお前のためを思って――』

「それに！　わたしだって、みんなと一緒に遊びたいよ。海にも、一緒に行きたい。こんなに大切な友達ができたのは……初めてなんだ。距離を置くなんて、無理だよ」

……距離を置く？　どういうことだ？

『何を……わがままばかりで、そんな態度でいいと思っているのか⁉』

「何で、わがままになったら駄目なの？　……もうちょっと、自由にしてよ」

ぽつりと呟《つぶや》きのような言葉を残して、星宮は通話を切った。

しんとした静寂《せいじゃく》に、窓の外から聞こえる鈴虫《すずむし》の鳴き声が混じる。

手を繋いだまま、星宮は離《はな》そうとしなかった。

ずっとスマホの画面を見つめていた。

思い出したかのように、ＲＩＮＥで『友達の家にいるから、心配しないで』とチャットを送っている。その宛先《あてさき》は、征さんではなく星宮のお母さんのようだった。

気の利《き》いた台詞《せりふ》などひとつも思いつかない。

だから、俺《おれ》は何も言わなかった。

隣に座って、手を握《にぎ》り続ける。

ひとりじゃないと、示し続ける。

「……大切なものを作らないようにしてたの」

やがて星宮は、そんな呟きを零《こぼ》した。

「そうすれば、簡単に諦められるから。実際、大半のことは諦められた。欲しいものなんて最初からなかったような気もして……でも、やっぱり人形にはなれなかった」

「……どうしても諦められないものって、あるからな」

俺にとっての青春がそうだったように。

星宮は俺の手を離すと、リュックサックから紙束を取り出す。

「昔のわたしは友達なんていなかったから。小説の世界だけが、救いになった」

それは、昼間に俺も読んだ星宮の小説原稿《げんこう》だった。

「自然と小説を読むことが好きになって、空想するようになって、書くようになって、書くことも好きになって、読んだ人を楽しませたいなって思うようになって、たくさんの人に届けたいなって思うようになって……小説家になりたいなって、思ったの」

星宮は自分の原稿を触《さわ》り、自分で書いた文字列を指でなぞっていく。

「今日ね、あの後……家に帰って、門限には間に合ったんだ」

ぽつぽつと、星宮は何があったのかを語り始めた。

家出をしてまで、征さんに逆らうことを決めた理由を。

「でも、パパはなぜか怒《おこ》ってて、旅行の件で、元々機嫌《きげん》は悪かったんだけど」

――門限を破ったわけじゃないとはいえ、ギリギリではあった。

それを見た征さんは、星宮に今日何をしていたのかと問い詰《つ》めたらしい。

星宮は、喫茶店《きっさてん》で小説を書いていたと答えた。友達も一緒だと。

元々、星宮の趣味をあまり快く思っていなかったのだろう。良い機会だとばかりに征さんは小説を書くことを辞めるように命令してきた。電話でも言っていたが、勉強なり運動なり、教養を身に付けるなり、もっと有意義な時間を過ごせるはずだ、と。

星宮はそれに対して、首を横に振った。征さんはひどく驚いたらしい。自分の言うことには常に二つ返事だった星宮が、反抗《はんこう》したからだろう。説得しようとしたが、星宮はそれだけは嫌だと言って聞かなかった。それどころか、小説家になりたいと言い出す。

「本当に、間抜《まぬ》けな顔だったよ。寝耳《ねみみ》に水《みず》って感じかな？　わたしが小説家になりたいなんて、誰にも、唯乃ちゃんにも……今日、夏希くんにしか、言ったことなかったから」

征さんは当然、怒ったらしい。そんな話は聞いていないと。

そんな不安定で、なれるかどうかも分からない職業になる必要はない、と。

「夏希くんには、感謝してるんだ。ずっと、自分を誤魔化《ごまか》してきたから。夏希くんに宣言した時に、わたしもこれが自分の将来の夢だって、自信を持てるようになったんだ」

星宮は怖《こわ》がりながらも、何とか自分の意志を通そうとしたらしい。

そんな星宮を見て、征さんは認めるどころか、さらに星宮を縛《しば》ろうとした。

──今の友達とは距離《きょり》を置け、と。

「旅行の件もあったし、今のわたしが友達から悪影響《あくえいきょう》を受けてると思ったんだろうね」

もちろん嫌だって言ったよ、と星宮は続ける。

ならばせめてどちらかにしろ、と征さんは言ったらしい。

そうやって選択肢を与《あた》えることで星宮をコントロールしようとしたのだろう。

「ちょっと、考えたんだ。……昔のわたしだったら、友達と距離を置くことを選んだかもしれない。昔のわたしは表面的なやり取りばかりで、みんなと壁《かべ》を作ってたから」

でも今のわたしは、どっちも大切なんだ、と星宮は言う。

「……唯乃ちゃんが傍《そば》にいてくれて、夏希くんと、詩ちゃんと、怜太《れいた》くんと、竜也くんと出会って、気づいたらみんなと仲良くなってて、みんなのことが好きになってた」

本当だよ？　と、星宮はこっちを向いて淡《あわ》く微笑《びしょう》する。

「今更、距離を置くなんて無理だよ。わたしだって、みんなと一緒にいたい」

しかし征さんは、自分の意見を曲げようとはしなかった。

星宮としても正面から口論して、征さんを説得する自信がなかった。

だから家出をして、今ここにいる。

せめて反抗しているのだと態度で示すために。

「……そうだな。俺だって納得《なっとく》できないよ。もう星宮のいない生活は考えられない」

「……ずるいね、夏希くんは。そうやって格好《かっこ》いいことばかり言って」

「いや、そういうわけじゃなくて、ただの本心だぞ？　友達としてのね？」

「……うん、分かってる。ありがとう、嬉《うれ》しいよ」

気づいたら時計の針が零時《れいじ》を回っている。

話《はな》し込《こ》んでいたら、いつの間にか深夜に差し掛《か》かっていた。

「……寝るか」

「……うん」

星宮の隣から離れ、ベッドの上に乗る。

下の布団でもぞもぞと音がする。星宮が毛布を掛けているのだろう。

「冷房はつけっぱなしでもいいか？」

「……うん。ちょっと設定温度上げてもらっていい？」

「常夜灯はつける派？」

「真っ暗な方が、好きかな」

「分かった。……じゃあ、おやすみ、星宮」

「……おやすみなさい。夏希くん」

電気を消して、薄手《うすで》の毛布を体にかける。

普段は寝ている時間だが、目を閉じても眠気《ねむけ》がまったくない。

当然だが、人の気配がある。衣擦《きぬず》れの音がする。僅《わず》かな吐息《といき》が聞こえてくる。

好きな女の子が、自分の部屋で寝ている。

「……夏希くん、まだ起きてる？」

「……何だ？」

ふと星宮が呟いた。星宮も眠《ねむ》れないのだろうか。

「わたしね、夏希くんのこと好きだよ」

そうなんだ。夏希くんのこと好きなんだ。……夏希くんのこと、好きなんだ？　夏希くんのことが好き？　星宮が⁉　ホワッツ⁉　何だ⁉　いったい何が起こった⁉

「……夏希くんも、みんなのことも、大好き」

……あ、そうですよね。そういう話ですよね。友達的なやつですよね？　うん。俺は最初から分かっていたのだ。だから動揺《どうよう》など微塵《みじん》もしていない。当然だとも。

「わたしね、最初は夏希くんのこと苦手だったんだ」

「うっ……そ、そうですか」

突然《とつぜん》の言葉のナイフが俺を襲《おそ》う。

「なんかスカしてるし、ちょっと挙動不審《きょどうふしん》だし、その割にグイグイ来るし、別に努力とかしてないけど勉強も運動も何でもできますって顔がなんかムカつくと思って」

「ちょ、ちょ、ちょ……そのへんにしとかないか？　俺のメンタルはガラスだぞ」

俺がへなへなした声で言うと、星宮はあははっと笑った。

そんな風に思われてましたか……そうですか……。

容姿を整えたおかげで、別に好感度は低くないと思ってたよ正直……。

やはり人の心というのは難しい……。

「……でもね、屋上で竜也くんと口喧嘩《くちげんか》してたところを見た時から、急に親近感が湧いてきたんだ。ああ、この人はもしかして、わたしと似てるのかもなって思って」

「……どうだろうな。俺は単に、肩肘張《かたひじは》ってただけだからな」

要はすべてを慎重《しんちょう》に丁寧《ていねい》に行っていただけだ。皆《みんな》が知らない七年間の経験もあいまって上手《うま》くやれていただけで、性格そのものを変えていたわけじゃない。

「でも、ほら。元々、暗くて地味だったのはわたしも同じだから。わたしが勝手に共感しただけなんだけどね。あんまり理解できないかもしれないけど」

「……まあ星宮が暗くて大人しい子だったと言われても、想像できないな」

今や元気で明るくてちょっとドジで、みんなの人気者であるアイドル的美少女だ。

「見て、これ。ちょっと恥ずかしいけど」

星宮がもぞ、と動いた音が聞こえたので、そちらに目をやる。

下の布団から、星宮がスマホを掲《かか》げていた。暗闇《くらやみ》の中で、画面が光っている。

そこに映っていたのは小学生ぐらいの少女の写真だった。

目元が隠れるぐらい髪が長くて、野暮《やぼ》ったい眼鏡をかけている。

「……え？　これ、もしかして星宮か？」

「うん。この頃のわたしは、友達なんてひとりもいなかったんだ」

「へぇ……星宮が……何というか、やっぱり意外だな」

「それはね、わたしの偽装《ぎそう》が上手いんだよ。褒《ほ》めてくれてもいいよ？」

ふふん、と星宮は上機嫌《じょうきげん》そうに言う。

そういう仕草も偽装の一環《いっかん》なのだろうか。

「それ、疲《つか》れないのか？」

そう尋《たず》ねた理由は、俺の経験によるものだ。

最初の肩肘張っていた頃は、正直少し疲れていたと思う。すべてを完璧《かんぺき》にこなすことを意識しすぎていて、素を出すのが怖かった。美織《みおり》のおかげで解決したんだけど。

「……どうだろう。もう慣れちゃったから。こういうわたしに、違和感《いわかん》もなくなってる」

何が本当のわたしなんだろうね、と星宮は雫《しずく》のような呟きを落とす。

その淡々《たんたん》とした言葉のトーンは俺の知らない星宮だ。いつもふわふわと明るい語調で笑顔の星宮はここにはいなかった。今日、俺は星宮のいろんな顔を見ている。

「あの後、ちょっとずつ夏希くんが素を出すようになって、もっと本当の夏希くんを知りたいなと思って……わたしが好きな小説や映画の話を一緒にしてくれて……ああ、やっぱりこの人って、語り口がオタクだなって思って面白くなって……」

「……やかましい。それを言うなら、星宮だって物語の話をしている時はずっとオタク語りだよ。別にぜんぜん偽装とかできてないから。普通《ふつう》にただのオタク少女だから」

「う、うるさいなぁ。いいじゃん、別に。学校のアイドルに一個そういう趣味を持たせた方が親しみやすくなるでしょ？　だから決して、わたしが語りたいとかじゃ――」

「……星宮って、自分のこと学校のアイドルだと思ってるの？」

まあ実際そうなんだが、それを自任しているかのような言い方だった。

横でもぞもぞと音がする。見れば、星宮が毛布をぐるぐる巻いて転がっていた。

「……夏希くん、嵌《は》めたな？」

恨《うら》みがましい声音が聞こえてくるが、冤罪《えんざい》すぎる。

「いや、勝手に嵌まったんだろ」

なんか星宮にも冷たい対応が取れるようになってきたな。

これが親しみやすくなったということか？

何にせよ、緊張は解けてきた。

「そう思ってるというか……単に、そういう設定のわたしでやってるだけだよ……」

星宮は消え入りそうな声で言う。どうやら相当恥ずかしいらしい。

いまだに毛布でぐるぐる巻きになりながら、枕《まくら》に顔を埋《うず》めている。

「それ、暑くないのか？」

「……暑いよ。うるさいなぁ」

拗《す》ねたような言葉に、思わず笑ってしまった。

「……わたしはもう寝ます。話しかけないでください」

話しかけてきたのは星宮なんだが、「はいはい」と頷《うなず》いて目を閉じた。

しばらく目を閉じていると、流石《さすが》に眠気がやってくる。

意識が水底に落ちていくような感覚に身を任せていると、どこからか、ぽつりと声が届いたような気がした。

「……わたしを助けてくれて、ありがとう」

*

瞼《まぶた》を開けると、眼鏡をかけた星宮陽花里が俺を覗き込んでいた。

「……あ、起きた？　おはよう」

ナニコレ夢ですか？　夢ですね。おやすみなさい。

「……あ、また寝ちゃった」

寝たふりを続けてみるが、どうやら夢じゃないらしい。

そろそろ現実と向き合わなければ、と思ってもう一度瞼を開ける。

星宮と目が合う。近い。吐息が触《ふ》れそうなぐらいに。

「……おはよう」

何とか言葉を返すと、星宮はふふっ、と口元に手を当てて微笑《ほほえ》んだ。

天使か？　卑怯《ひきょう》なほど顔が良い。この破壊力《はかいりょく》は寝起《ねお》きの俺には耐《た》えられない。

ゆっくりと体を起こし、時計を見る。昨日、夜遅《よるおそ》くまで話し込んでいたせいか、いつもより遅《おそ》い時間だった。普段《ふだん》なら、もう朝食を用意しているはずの時間だ。

「夏希くんの寝顔《ねがお》、可愛いね」

星宮は上機嫌だった。つんつんと俺の頬《ほお》をついてくる。

おい、あざといぞ！

だが今の俺は星宮がある程度自覚的にやっていることを知っている。

何しろ星宮は学校のアイドル（自称《じしょう》）なのだ。そう、自称なのである。

だからこの程度で落ちたりは……落ちたりは……ク、クソ！　可愛すぎるだろ！

「どうしたの？　顔、赤いよ？」

星宮の思い通りにやられていることにムカついてきたので、反撃《はんげき》してやる。

星宮の頬をつんつんし返すと、星宮はびくりと体を震わせた。

「……ほ、星宮も、今日も可愛いな？」

なんか噛《か》んだし、声も震えているし、絶妙《ぜつみょう》にキモい感じになってしまった。

「……」

「……」

何だこの気まずい空気は。や、やらなきゃよかった……。

星宮は赤面しながら硬直《こうちょく》している。これは……俺の言動が恥ずかしすぎて、いたたまれなくなっているな……。本当にごめんなさい、調子に乗って……。

「……お、お兄ちゃん？」

扉の方から声が聞こえたので、俺と星宮は慌《あわ》てて距離を取る。

ひょっこりと、波香が扉を少し開けて覗き込んでいた。いや、ノックしろよ。

波香は俺たちを交互《こうご》に見て顔を赤くしながらも、問いかけてくる。

「あの、朝ご飯は……？」

妹よ、たまには自分で作れ。

＊

キッチンに向かい、適当に朝食を作る。

「わたしも何か手伝おうか？」

「それじゃ、麦茶でもついで出しといてくれないか？」

星宮は「はーい」と返事したが、「いやいや！」と波香が割《わ》り込んでくる。

「待っててもらって大丈夫《だいじょうぶ》ですよ！　お兄ちゃんがやるので！」

「せめてお前がやれよ」

俺が突《つ》っこむと、波香は「まあまあ」と宥《なだ》めようとする。そんなんで誤魔化そうとするな。別に俺がやるのは構わないが、もうちょっと工夫《くふう》をしろ。

そんな俺と妹のやり取りを見て、星宮は楽しそうにニコニコしている。

「なんか家での夏希くん、新鮮《しんせん》だなー」

「そうか？」

「みんなにはもっと丁寧に対応してるでしょ？」

「んー、最近はそんなことないけど、まあ……そりゃ、家族に比べたらな」

「え、何それ。じゃあ、あたしにも丁寧にしてよ」

不満げに文句を言ってきた波香を完全に無視しながら、フライパンに卵を入れる。

俺が簡単な朝食を作っている間、星宮と波香が会話をしていた。

ぎこちなく話しかけている波香に、星宮は笑顔《えがお》で柔《やわ》らかく対応している。

「……というかお兄ちゃんと付き合ってるんですか？　お勧《すす》めはしませんよ？」

「そうかなぁ？　夏希くんは良い人だよ」

「いやいや、実は悪の親玉みたいな本性《ほんしょう》が……って、本当に付き合ってます⁉」

「余計なことを言うな波香。星宮は波香で遊ばないで否定してくれ」

「あはは、ごめんごめん」

そんなやり取りをしつつ、朝食を完成させる。

配膳《はいぜん》は星宮と波香が二人でやってくれた。女子は仲良くなるのが早いな。

「やった、夏希くんのお手製ご飯だー」

「いや、適当に卵とハムとウインナー焼いただけだぞ」

味噌汁《みそしる》は昨日作った残りだし、ご飯は昨日炊《た》いた残りを冷凍《れいとう》していたものだ。

およそ料理と言えるものじゃない。そう伝えても、変わらず星宮は嬉しそうだった。

「みんなで夏希くんのバイト先に行ってた時、わたしは行けなかったから」

一瞬何の話かと思ったが、あの時か。

俺と七瀬がバイト中に、竜也たちが三人で来て料理を振る舞《ま》った。

星宮がＲＩＮＥのグループチャットで『ずるいよ！』と言っていた記憶《きおく》は確かにある。

……あの頃《ころ》から、星宮はいろいろと我慢《がまん》していたのかもしれない。

そういった小さなものが積み重なって、さらには将来の夢と友達を奪《うば》われようとした。

しかも、家族に。ここまで自分を育ててくれたはずの父親に。

「……夏希くん？」

きょとんと、小首を傾《かし》げる星宮。

「……何でもない」

俺は首を横に振り、朝食を食べ始めた。

＊

星宮がここにいてくれるのは嬉しい。

だが現実問題、いつまでもここにいるわけにはいかない。

一日が経《た》って落ち着いた以上、何かしらの解決策を考える必要がある。

そんなことを考えながら部屋に戻り、扉《とびら》を開ける。

「——あ。ちょ、ちょっと待って——」

そんな星宮の声が聞こえてきた時には、もう手遅《ておく》れだった。

「………はえ？」

まず目に入ったのは、白いブラジャーだった。ばっ、と交差した腕《うで》に隠《かく》される。

しかし、明らかに両腕《りょううで》では隠しきれない大きさだ。深い谷間に意識が奪われる。慌てて

視線を下げると、きゅ、とお腹《なか》の部分で細くなり、そこから広がる腰《こし》のラインが綺麗《きれい》で、

白い三角形の布に覆《おお》われた部分から、すらりとした太ももが伸《の》びていて――

「……あの。そんなに、見ないでほしいんだけど」

顔を真っ赤にした星宮の消え入りそうな声を受けて、正気に戻る。

「ご、ごめん！」

慌てて後ろを向き、そのまま部屋から飛び出して扉を閉じた。

ばくばく、と心臓の鼓動《こどう》がうるさい。部屋の中で、衣擦れの音が響く。

星宮の下着姿が目に焼き付いて離れなかった。

それにしても、結構着やせするというか……思っていた以上に、あるな……。

「……入っていいよ」

部屋の中から声が聞こえたので、深呼吸してから扉を開ける。

星宮は外出用の私服に着替えていた。白を基調としたワンピースが可愛《かわい》らしい。

「……その、ごめん」

「わたしも、ごめんね。いないうちに、さっさと着替えちゃおうと思って」

怒っているわけじゃないようなので、ほっとする俺。

しかし、ちょっと不満そうに唇《くちびる》を尖《とが》らせて、星宮は言った。

「……あんなにじっと見る必要はなかったと思うけど」

はい、その通りでございます……。申し開きもございません……。

星宮は小声で、「……えっち」と呟いた。俺は聞こえなかったふりをした。

「今日、どうする？」

話を逸《そ》らしながら尋ねると、星宮は神妙《しんみよう》な表情になる。

「……昨日の夜、いろいろ考えたの」

ベッドに腰かける星宮。俺もその隣に座《すわ》る。

「このまま逃《に》げても、何も変わらない」

「……そうだな。そう簡単に、あの人は考えを変えないだろうな」

もちろん征さんについては星宮の方が詳《くわ》しいだろう。星宮はこくりと頷く。

「だから、この機会に説得しなくちゃいけない。戦って、勝たないと駄目《だめ》なんだ」

「それができるなら一番だと思うけど……何か具体策があるのか？」

そう尋ねると、星宮は難しい顔で唸《うな》る。

「状況《じようきよう》を整理しよう」

だから、俺はそう言って指を立てる。

「星宮は今、家出をしている。征さんに反抗するためだ。その理由は、趣味と将来の夢を否定され、友達とも距離を置けと言われたからだ。ここまでは合ってるよな？」

星宮はこくりと頷く。

解決すべき問題は細かく分けて四つある。

昔からの趣味である小説を辞めろ、と言われたこと。

次に、将来の夢である小説家を諦《あきら》めろ、と言われたこと。

そして今の友達とは距離を置け、と言われたこと。

最後に、そもそも束縛《そくばく》が厳しすぎること。

指を四本立てて問題を明確化すると、星宮はもう一度頷《うなず》く。

まず、征さんが小説を辞めろと言っている理由は、もっと有意義な生活があると考えているからだ。勉強なり運動なり、他のことに時間を使った方が良いと思っているから。

次に小説家を諦めろと言っている理由は、おそらく自分が理想とする娘《むすめ》の将来があるからだろう。小説家という不安定な職業は理想にないし、なれるとも限らない。

「……多分ここに、現実的な回答を用意する必要がある」

言葉の意味がいまいち分からなかったのか、星宮は目を瞬《またた》かせている。

「例えば、小説家を目指すけど、他の選択肢《せんたくし》も諦めないとか。ごく普通に進学して、ごく普通に就職するルートも残しながらデビューを狙《ねら》う……みたいな？」

要は夢物語を思《おも》い描《えが》いているわけじゃなく、現実的なプランがあると示したい。

征さんは頑固《がんこ》だが、あれで大企業《だいきぎょう》の社長まで成り上がる人物だ。感情的に語っても効果はないと思うが、論理的に説明ができれば納得してくれる可能性はある。

「それなら、元々そのつもりだよ。ちょっと調べただけでも、売れないと生活も難しい職業なのは分かるから。仮になれたとしても、それとは別に仕事には就《つ》くと思う」

「……つまり兼業《けんぎょう》でやるってことか。それは征さんには？」

「……言ったことないな。そもそも、小説家になりたいって夢を話したのは昨日が初めてだから。小説を書いているのは教えてたけど、あくまで趣味だと思ってたみたい」

「だったら、それを説明すれば考慮《こうりょ》してくれるかもしれないな」

征さんは他人を駒《こま》のように扱《あつか》う人間だが、それは自分の指示に従う方が良い結果が出ると思っているからだ、と就活の面接で語っていた。まあこんな話を就活生にするような社長は普通にヤバいと思うが、それはさておき、要は自分の能力に自信を持っている。

星宮を厳しく束縛して自分の操《あやつ》り人形《にんぎょう》のようにしている理由も同じだろう。娘の判断よりも自分の判断の方が正しいと信じているのだ。

だったら、そこを覆《くつがえ》してやればいい。

星宮が、自分で自分のことを考えられる人間だと証明するんだ。

前世の面接の話は省きつつ、そんな感じで説明すると、星宮は難しい顔をする。

「……できるかな、わたしに」

征さんにだって、娘への情はある。歪《ゆが》んではいるとしても、大切に思っているからこそ自分で指示を出しているんだ。どうでもよかったら何も言わないはず。

星宮が戦うのなら、パパに、勝算はそこにあった。

「……分かった。パパに、わたしのことを信じさせればいいんだね」

星宮は話を整理するように言う。

要約すれば、つまりはそういうことだった。

「それができれば、三つ目と四つ目の問題も解決するかもしれない」

娘の考えを信用するようになれば、いちいち交友関係に口は出さなくなる。

多少は束縛も緩《ゆる》くなると思う。

まあ、門限とかに関してはちょっと怪《あや》しいけど。

「夏希くんって、やっぱり頭良いよね。流石は学年首席だなぁ」

「いや、ただ状況を整理しただけだよ。曖昧《あいまい》なままじゃ答えは出ない」

現状の課題の明確化と対策の考案は、大学時代の研究で何度も繰《く》り返してきた。

もう嫌《いや》だ、という感情だけでは何も変わらない。

どんな物事も論理的に解決するしかないのだ。

……そういう大人の理屈《りくつ》を子供に使わせるのは、親としてどうかと思うが。

「うん。じゃあわたし、いろいろ考えてみる。パパがわたしを信じてくれるように」

胸の前で両拳《りょうこぶし》を作りながら、星宮は力強く宣言する。

その部分に関しては、星宮自身が考えた方がいいだろう。

アドバイスはできるが、あまり協力しすぎて俺の考えになってもよくない。

「うーん……」

早速《さっそく》、腕を組んで難しい顔で唸り始めた星宮。

「考えるのはいいんだが、どっか落ち着ける場所に行かないか？」

家には波香がいるので、変に絡《から》んできたら面倒《めんどう》だ。あいつ暇《ひま》なのかな？

「あ、うん。そうだね。そうしよっか」

そんなわけで、俺も外出するために支度《したく》し始める。

クローゼットを開くと、星宮が「おおー、男の子の服」と感嘆《かんたん》の息を漏《も》らす。

最近買ったもの以外はダサい服しかないからあんまり見ないで……。

「てか、着替《きが》えたいんだけど……」

「夏希くんだって、わたしの着替えガン見したよね？」

「その件、まだ許されてませんか……？」

怯《おび》えていると、星宮は楽しそうに笑ってから部屋を出ていく。

分かりにくい冗談《じょうだん》はやめていただきたい。もちろん下着姿は目に焼き付けてますが。

さておき、ちゃちゃっと着替えてから、波香に挨拶《あいさつ》して家を出る。

太陽は雲に覆われているが、むわっとした熱気に包まれる。今日も暑いな。

ふと、思い出したかのように星宮は言った。

「……それにしても、わたしのパパに詳しいんだね？」

「……会社のホームページに載《の》ってたからな」

だいぶ苦しい言い訳だったが、星宮は「ふうん」と普通に納得していた。

＊

俺の地元に喫茶店やらファミレスやらは存在しないので、高崎まで電車に乗る。

昨日も訪《おとず》れた星宮お気に入りの喫茶店に入ることにした。

「いらっしゃいませ」

寡黙《かもく》な店主はそれだけ言って、俺たちを案内する。

昨日と同じ店の隅《すみ》にある窓際《まどぎわ》の席だった。

星宮は持ってきたパソコンを開き、難しい顔で唸り始める。

その様子を見ながら、俺は俺で夏休みの課題を始めた。ぼうっとするのも暇だからな。

「……パパはさ、実は普通に小説を読むのは好きなんだよね」

キーボードをカタカタしていた星宮が、手を休めてコーヒーを飲む。

「それこそ、わたしが小説を読み始めたきっかけは、パパの書斎《しょさい》にあったからだし」

「……じゃあ、星宮の夢を認めさせる土壌《どじょう》はありそうだな」

「うん。考えたんだけど……戦うには、武器が必要だと思うんだ」

「武器？」

「普通に話し合おうとしても、パパが取り合うとは思えないから。だから証明する。わたしに小説の才能があるってことを。わたしの小説は面白《おもしろ》いって、認めさせる」

うん、と星宮は強く頷いている。

確かに、征さんが反対する理由のひとつに、そもそも小説家になれるとは限らないという点は含《ふく》まれているだろう。なれるわけがないとすら思っているかもしれない。

その部分に対して、星宮の考える武器は有用だろう。

小説の才能が娘にあると気づけば、考えを変える可能性はある。

「それができて、初めて話し合いの舞台《ぶたい》に立てると思うんだ」

娘に才能があると知ることは、娘の考えや能力を信じるためのきっかけにもなる。

「良い考えだと思う」

俺が頷くと、星宮は鞄《かばん》から白い紙束を取り出した。

それは昨日も見た星宮の小説原稿だ。星宮はその紙束をこんと叩《たた》く。

「この小説を、パパに見せる。一番の自信作なんだ。夏希くんに指摘《してき》された部分を修正すれば、きっと面白いって思うはず。パパ、物語の趣味《しゅみ》はわたしと似てるから」

それは星宮が征さんに似ているのでは？　と思ったが黙《だま》っておいた。

「俺も協力するよ。まあ、読んで感想を言うぐらいしかできないんだけどな」

「……ありがとう。嬉しいけど、いいのかな。夏希くんに、ずっと頼《たよ》りっぱなしで」

夏希くんの優《やさ》しさに甘《あま》えてるよね、と星宮は続ける。

「俺は俺のためにやってるだけだよ。だから、気にするな」

嘘《うそ》は言っていない。俺は俺が星宮を助けたいと思ったから協力しているだけだ。もっと星宮のことを知りたいと思ったからここにいるだけだ。星宮の書く小説が面白いと思ったから、もっと完璧な姿が見たいと思っただけだ。全部、俺のためでしかない。

後は征さんがムカつくので論破したいだけだ。決して私怨《しえん》ではない。決してな。

「……優しい人って、みんなそう言うよね」

星宮は何だか、綺麗なものを見るような瞳《ひとみ》で呟《つぶや》いた。

それから胸の前で両拳を作り、気合を入れる。

「よーし、頑張《がんば》るぞ！」

そして、小説の改稿《かいこう》作業が始まった。

俺も夏休みの課題の手を止め、もう一度星宮の小説を読み返すことにした。

少しでも、戦いに挑《いど》む星宮陽花里の力になれるように。

＊

それからは、ひたすら作業の時間だった。

俺が指摘した点を星宮が修正し、どう変更《へんこう》するか悩《なや》んでいるところは俺も一緒《いっしょ》に頭を抱《かか》えて考えて、話し合って改善案を出して、星宮が納得した案で修正していく。

……何というか、創作者ってすごいなと思った。

俺は問題点の言語化は得意だ。話の構成や展開を見て、何が良くないと思ったのかを分析《ぶんせき》することはできる。だが、それを解決するにはどうすればいいのか分からない。

しかし星宮は、善《よ》し悪《あ》しはさておき、ぽんぽんとアイデアを出していく。星宮は「頭の中に舞台を作って、キャラを動かしてるんだよ」と言うが、俺《おれ》にそれはできない。

真剣《しんけん》な顔でキーボードを叩いている星宮が、格好いいと思った。

……今のうちにサインを貰《もら》っておこうかな。

そんなことを考えていると、ポケットのスマホが軽快な音を響《ひび》かせた。

「うん？」

着信画面に表示されていた名前は、七瀬唯乃だった。

顔を上げた星宮に「ちょっと出てくる」と告げ、喫茶店の外で電話に応答する。

『こんにちは、灰原くん』

「ああ。もしかして星宮の件か？」

『もしかして、じゃないわよ。そうに決まっているでしょう』

「……怒《おこ》ってる？」

『別に怒ってないわよ。昨日うちに陽花里の親から陽花里の行方《ゆくえ》を聞かれて、心配していたのに灰原くんから何の連絡《れんらく》もなかったからと言って、私は別に怒っていないわ』

間違《まち》いなく怒っていた。

「……ごめん」

俺も正直余裕《よゆう》がなくて、他のことにまで気が回っていなかった。

『まあ陽花里からは返信が来ていたからいいのだけれど。ただ、貴方《あなた》の家に泊《と》まると書かれていて、目を疑ったわ。ああ見えて、そう簡単に男子を信用する子じゃないのに』

「……まあ星宮もいろいろあって、追《つ》い詰められてたみたいだからな」

『事情はある程度聞いているし、察してはいるけれど。これからどうするつもり？』

「一応、解決するための戦略を立ててはいる」

星宮と考えた先ほどの案を語ると、七瀬は『……なるほどね』と呟いた。

『今どこにいるのかしら？　例の喫茶店《きっさてん》？』

「ああ。七瀬に教えてもらった珈琲喫茶《コーヒーきっさ》ルビーメアだよ」

『ちょっと陽花里と一緒に待っていなさい。今から私もそこに行くから』

七瀬は淡々と言って通話を切った。

いつもより怖い。天使の七瀬はどこに行ったの……？

確かに、七瀬に連絡しなかった俺も悪かった。いや、七瀬か美織に相談したいという発想はあったんだけど、正直そんな暇も余裕もなかった。夜も遅かったからな。

「七瀬がここに来るって」

星宮にそう伝えると、「え」と星宮は身をすくめる。

「ゆ、唯乃ちゃん……怒ってなかった？」

「……怒ってたな。普通に」

「ひ、ひぇ……パパが鬱陶《うっとう》しいから電話の通知切ってて、後で唯乃ちゃんからも電話が来てたことに気づいたんだよね……慌ててRINEの返信はしたんだけど……」

二人で戦々恐々《せんせんきょうきょう》としながら待っていると、カランと鐘《かね》の音《ね》が鳴る。

店の入り口の扉が開き、私服姿の七瀬が姿を見せる。

ベレー帽《ぼう》を頭にちょこんと載せ、カジュアルな柄《がら》のTシャツにミニスカート。すらりと長い生足が綺麗だった。「あっつい……」とうんざりした表情を浮《う》かべている。

「お、おーい……」

「こ、こっちだよー」

俺と星宮が若干《じゃっかん》ビビりながらも声をかけると、七瀬は無言のまま近寄ってきた。

星宮の側がパソコン等もあって窮屈《きゅうくつ》なせいか俺の隣《となり》に座り、店主を呼んでアイスカフェラテを注文する七瀬。一連の流れを終えてから、七瀬はようやく俺たちを見た。

「陽花里」

「は、はいっ！」

びくっ、と星宮は肩《かた》を震《ふる》わせる。

「どうして私に相談しなかったのかしら？」

「その、何かある度に唯乃ちゃんに頼ってたから……毎回は迷惑《めいわく》だし、自分で何とかしないとって思って……」

「迷惑なんかじゃないわよ。それに、結局灰原くんに頼ってるなら同じことでしょう」

「うっ……ご、ごめんなさい……」

星宮はダメージを受けた顔でぐったりしている。

「だいたい、付き合ってもない男の子の家に泊まるってどうなのかしら？　陽花里？　貴女《あなた》には危機感というものがないの？　ヘタレな灰原くんだから無事で済んだけれど」

「おい」

人を勝手にヘタレ認定《にんてい》するな。

ツッコミを入れると、七瀬は俺を睨《にら》んでくる。

今度は怒《いか》りの対象が俺になったらしい。

「貴方は貴方で、他に手段はなかったの？」

「いやまあ、夜も遅かったし、場所が場所だし、俺も動揺してあんまり余裕もなかったんだよ……あ、でも何もしてないぞ？」

「何もしてないのは分かっているわよ」

星宮が窓を見ながらぽつりと呟いた。

「……下着は見られたけどね」

その件、まだ許されてませんでしたか？？？

「灰原くん？」

「不可抗力《ふかこうりよく》だってば！」

不気味な笑顔の七瀬に耳を引っ張られたので、慌てて言い訳する俺。どっちかって言うとあれは星宮のせいだろ！　俺は悪くねえ！　目には焼き付けたけど！

「……ごめんなさい。心配かけて」

星宮は深く頭を下げる。

そんな星宮を見て、七瀬は深くため息をついた。

「……まあ、いいわ。無事だったから」

場が落ち着いたタイミングで、アイスカフェラテがテーブルに置かれる。

七瀬はそれを飲んで喉《のど》を潤《うるお》しながら、話を進める。

「灰原くんからさっき話を聞いたわ。征さんと戦うのね？」

星宮は緊張《きんちよう》した面持《おもも》ちで、こくりと頷く。

「……できるの？　これまでずっと逆らえなかったのに、今更《いまさら》戦える？」

冷たく聞こえるのは、星宮を試《ため》しているからだろう。

七瀬は俺よりも深く、星宮と征さんの間にある歴史を知っているはずだ。

だからこそ、本当にその覚悟《かくご》があるのかと問いかけている。

「わたしにも、譲《ゆず》れないものはあるから」

強い口調で断言する星宮。

七瀬はじっと、そんな星宮を見つめていた。

「……分かったわ。それなら私も協力する。今は小説の改稿作業をしているの？」

「うん。だいぶ良くなったと思うから、唯乃ちゃんにも読んでみてほしいな」

星宮はそう言ってから、「あ、でも、どうしよう」と慌てる。確かに原稿《げんこう》の修正はおおむね終わったが、それを紙に出力しないと人に読ませるのは難しいな。星宮のパソコンで読ませるのは簡単だが、それだと星宮が作業できなくなる。ちょっと効率が悪い。

「……印刷機なら、そこに。好きに使っていただいて構いません」

カウンターでグラスを拭《ふ》いていた店主が、こちらも見ずに呟いた。

店主が見ている方向には古びた印刷機がある。

「あ、ありがとうございますっ！」

星宮は感謝を告げると、修正原稿を印刷し始める。

「……まあ、あの子の傍《そば》にいてあげてと言ったのは私だからね」

　そんな星宮の様子を眺《なが》めつつ、七瀬が言った。

「どう？　あの子の力になれたかしら？」

「……いや、俺は別に何もできてないよ。小説も、ちょっと感想を言ったぐらいだ」

「……そう。じゃあ、そういうことにしておくわね」

　それから、七瀬は幾度《いくど》にも亘《わた》る修正を終えた星宮渾身《こんしん》の原稿を読み始める。

　星宮はそわそわしつつも、もう一度原稿のチェックに入った。誤字脱字《だつじ》や変な表現がないか、一文一文を確認《かくにん》している。俺も星宮の推敲《すいこう》作業を手伝うことにした。

　気づけば空は茜色《あかねいろ》に染まっていて、七瀬が読み終わる頃には夜になっていた。

「……これは、確かに面白いわね」

　七瀬は噛みしめるような口調でそう言った。

　緊張していた星宮は、七瀬の言葉を聞いてほっとしたように肩の力を緩める。

「……よかったぁ。ちゃんと面白くなってるんだ」

「もう俺と星宮は何度も読みすぎてよく分からなくなってたからな」

「そうなの！　あれ？　本当にこれでいいんだっけ状態にずっとなってて……」

　わいわい話す俺たちを見て、七瀬は難しい顔をする。

「私には詳しいことはよく分からないけれど、ちゃんと面白かったわ。ただ……」

何か気になる点があるのだろうか。星宮の表情が引き締《し》まる。

「この主人公って、まあ、ほぼ陽花里よね？」

星宮は「え」と呟いて固まっている。どうだろう？　主人公の真美香《まみか》は地味で大人しい女の子だが、推理力がある。普段の星宮とは似ても似つかないが、昔の星宮の話を聞くと確かにそうかもしれない。推理力も、まあ実際推理小説を書いているわけだし。

「それ自体は、良いと思うのだけれど……」

七瀬は原稿をぺらぺらとめくりながら、俺と星宮を交互に見る。

「このパートナーの男の子って、モデルは灰原くんよね？」

……え？　そうなの⁉　と、今度は俺が驚《おどろ》きで目を見開いて固まった。

主人公こと真美香の相棒である少年、慎太郎《しんたろう》。クラスの人気者で行動力があり、普段は気さくに笑っているが、実は思慮《しりょぶか》深く冷静。いや、どこが俺なの？？？

「ぜんぜん違《ちが》うと思うぞ？」

本気で七瀬にそう伝えると、七瀬は呆《あき》れた顔で星宮を指差す。

星宮はゆでだこのように顔を真っ赤にしていて、俺と目が合った瞬間《しゅんかん》に逸らした。

「どうした？　もしかして、本当にそうなのか？」

「ち、ち……違うよ⁉　あの、ぜんぜん、これっぽっちも、違うから！」

「いや、そんなに強く否定しなくても……」

なぜそんなに動揺《どうよう》しているんだ？

仮にモデルが俺だったとして、何の問題が……と考えた瞬間、思い出す。

——主人公の真美香は、物語の途中《とちゅう》から相棒の慎太郎のことが好きになってしまう。

それはもう、慎太郎のことしか考えられなくなるぐらいに。

「……」

「……」

自分の頬が熱くなっていく感覚がある。

星宮の顔をまともに見られなかった。いたたまれない沈黙《ちんもく》が場に落ちる。

いや、落ち着け。あくまで物語の話だ。決してそのまま現実に繋《つな》がるわけじゃない。

「まあそこはどっちでもいいのだけれど」

……どっちでもいいなら爆弾《ばくだん》を投下するのはやめませんか？

「この男の子のキャラが、少し曖昧でブレているように感じたから。誰《だれ》かをモデルにしているのなら、もっと解像度を上げた方が好きになれるかな、とは思ったわね」

七瀬は「気になったのはそこだけよ」と言って、話を締めた。

七瀬に面白いと思ってもらえたのは喜ばしいことだ。気になった点もひとつだけ。

しかも修正が難しい問題じゃない上に、解決策も提示してくれている。

確かに指摘するほどじゃなかったが、俺もその部分はちょっと気になった。

仮に俺がモデルだとするなら、明らかに美化されすぎではある。

そこだけ直せば、きっと完璧《かんぺき》な原稿になるだろう。

それは分かっている、のだが……この空気、どうすればいいんだ？

「……じゃあ、夏希くん。ちょっと、その……いろいろ聞いてみても、いい？」

「……もちろん、その、答えるのは構わないけど……」

そんな俺たちの様子を七瀬は呆れた顔で見てから、腕時計《うでどけい》に視線を移す。

「今日はここまでね。もう、良い時間よ。陽花里の門限なんてとっくに過ぎてるわ」

「……本当だ。集中してて、気づかなかった」

窓の外を見ると、すっかり真っ暗になっている。

「……でも、どうしよう。まだ完成してないのに……」

家に帰れば、必然的に征さんと戦うことになる。

まだ、その準備ができていない。せめて後一日は必要だった。

とはいえ、俺の家にもう一日は厳しいな。今日は母さんも帰ってきている。

母さんを説得すれば不可能じゃないとは思うが、どうだろうな。うちの母さんのことだから、相手の親御《おやご》さんへの連絡はちゃんとしなくちゃ！　とか言い出しかねない。

「陽花里、今日はうちに来なさい」

「……いいの？　唯乃ちゃん」

「一日だけよ。明日からはちゃんと家に帰ってもらうわ。陽花里の家出に協力しているなんて知ったら、お母さんが怒り出すから。バレないようにしないと」

それが良いと思う。

俺の家に泊まるよりは、よほど健全だ。

「……ありがとう、唯乃ちゃん。大好きだよ」

星宮は感極《かんきわ》まった様子で七瀬に抱《だ》き着いている。

「ちょ、陽花里、離《はな》れなさい」と慌てている七瀬も可愛らしい。

そんな流れで、今日は解散することになった。

＊

家に帰ると、ぱたぱたと足音がやってくる。

わざわざ俺を出迎《でむか》えた波香は、ひょこっとつま先立ちして俺の後ろを覗《のぞ》き込《こ》んだ。

「……星宮さんは？」

「もう帰ったよ」

厳密には帰っていないが、便宜《べんぎ》上そう答える。

「なーんだ。会いたかったのに」

波香は不満そうに唇を尖らせているが、その横を通り過ぎて部屋に戻《もど》る。

シャワーを浴びて母さんが作った夕食を食べ、満腹になってベッドに寝転《ねころ》がる。

……思い出すのは、星宮の真っ赤な顔だった。

主人公がほぼ星宮で、主人公の好きな男の子のモデルが俺。

つまり……そういうことなのか？？？　もはやそういうことでよくない？

むしろそういうことにしてほしいまである。頼《たの》むからそういうことであってくれ。

ベッドの上で念じていると、スマホに着信が入る。

画面に表示されていた名前は、星宮陽花里だった。

『こ、こんばんは』

「お、おう。こんばんは」

明らかに緊張している声に、俺もつられる。

『今、大丈夫？』

「うん。ぼうっとしてた」

『何それ』

くすくすと笑い声が聞こえてくる。

『ね、いろいろと、夏希くんのこと、聞いてもいい？』

「どんと来い」

タイムリープのこと以外なら、いくらでも答えられるぞ。

さあ、何でも聞くがよい！　高校デビューがバレている今の俺は無敵！

『じゃあ、夏希くんってさ……わたしのこと、どう思ってる？』

…………何、だと……？

構えていた盾《たて》ごと剣《けん》で貫《つらぬ》かれた感覚だった。

「どう思ってるって……その、どういう意味で？」

『……』

そこで黙らないでもらっていい!?

『えと、その……わたしの、印象とか？』

「そりゃ、まあ優しくて、明るくて……本当はちょっと違うのかもしれないけど、少なくとも俺の前では元気で明るくて、それに、可愛いし、良い子だな、みたいな……？」

喋《しゃべ》っていて段々告白みたいになりそうだったので慌《あわ》てて区切る。
『そ、そっか……うん。ありがとう』
本当にこんなのでいいんだろうか……と思っていると、星宮が問いかけてくる。
次から次へと、止《や》むことのない雨のように。
『夏希くんは、友達を大切にしているよね。それはどうして？』
『夏希くんはどうして高校デビューをしようって思ったの？』
『夏希くんの家族って、どんな人なの？　妹ちゃんは昨日見たけど』
『夏希くんって、普段《ふだん》は何してるの？　ほら、趣味とか……』
『夏希くんの中学時代って、どんな感じだったの？』
『夏希くんの好きな食べ物って何？　ラーメンとか？』
『夏希くんは、恋人欲《こいびとほ》しいって思ってる？』
『夏希くんは、どういう女の子が好きなの？』
『夏希くんは……今、好きな女の子がいますか？』
すべての質問に答えると、一息つくような沈黙の時間が訪れる。
『……そっか』
それが何に対しての言葉なのか、俺には分からなかった。

ふと、スマホからピアノの音が響き始める。

一瞬《いっしゅん》何か動画でも開いたのかと思ったが、それは通話先から聞こえるものだった。

「このピアノの音は……」

『あ、聞こえる？　唯乃ちゃんがピアノを弾《ひ》き始めたの』

電話越《ご》しでも上手《うま》いのが分かる。弾いている曲は久石譲《ひさいしじょう》の『Summer』だった。

『わたしがなんか夏っぽい曲弾いてって言ったんだ』

「良い選曲だな。作業も捗《はかど》りそうだ」

『そうだね。聞きたいことも聞けたから、作業に戻ろうかな』

「星宮」

呼び止めてから、何を言えばいいのか分からなくなる。

「俺は……」

根《ね》掘《ほ》り葉《は》掘《ほ》り聞かれたことで俺自身、自分のことを考える良い機会になった。

すべて正直に答えたつもりだ。でも最後の質問だけは、正直だとは言い切れなかった。

俺は肯定《こうてい》した。そこに間違いはない。でも、言っていないことがある。

それは、二人いることだ。二人とも同じぐらい好きで、決め切れていないことだ。

『……多分、だいたい分かってるよ？　わたし』

星宮がそう答えたことで、俺の呼吸が一瞬止まる。

その言葉の意味を深堀りするのは、あまり良い手とは思えなかった。

『大丈夫《だいじょうぶ》。そこは物語とは、関係ないから。キャラの解像度はちょっと上がるかもね』

それから簡単な挨拶を交《か》わして、星宮との通話を切った。

……別におかしな話じゃない。俺は星宮に割と露骨《ろこつ》なアプローチをかけていた。それでいて、詩と七夕まつりに一緒に行ったことも事実だ。そして詩は、誰が見ても俺のことが好きだと分かりやすい。だけど俺と詩は付き合っていない。その理由には、星宮が一番気づきやすいんじゃないだろうか。実際、ああ見えて星宮は人をよく見ている。

……結局、星宮は俺のことをどう思っているのだろう?

別に嫌《きら》われてはいないと思うし、むしろ好かれているだろうが……それは恋《こい》なのか?

何も分かっていないのは、いつだって俺だけだった。

＊

翌日。俺は珍《めずら》しい午前中シフトのバイトだった。

バイトを終えて賄《まかな》い飯《めし》を食い、足早に向かった先は昨日の喫茶店だ。

もはや恒例《こうれい》になってしまった店の隅にある窓際の席に、七瀬と星宮が座《すわ》っている。

「夏希くん！」

星宮は俺を見つけて、ぱぁっと花開くような笑《え》みを浮かべた。

「ちょうど修正終わったの！　これならきっと大丈夫！　わたしも自信出てきた！」

いつになくハイテンションだった。

上機嫌《じょうきげん》な星宮から七瀬に目をやると、彼女《かのじょ》は肩をすくめる。

「私も確認したけれど、もう何の文句もないわ。元から面白かったものね」

「じゃあちょっと俺も確認させてもらうか。修正した点がどこか教えてくれるか？」

「うん！　ここと、ここと——後このシーンの会話も全体的に——」

修正した部分を読むと、確かに良くなっている。というか……俺になっている。

昨日、俺が答えたことがそのまま台詞《せりふ》になっていたりして恥《は》ずかしい。

「……大丈夫？　これ、ほぼ俺じゃない？」

「……そうなっちゃったけど、やっぱり駄目《だめ》かな？」

「駄目じゃないけど、主人公が好きになる男の子だし、もっと格好《かっこ》いい台詞も——」

「——いいの。これで、十分格好いいから」

星宮はぷい、とそっぽを向きながら、俺の言葉を遮《さえぎ》った。

十分、格好いい……？

そうかなぁ、ほぼ俺なんですけど……？

でも確かに、全体の仕上がりは良くなっている。問題は俺が恥ずかしいことだけだ。

「――うん。面白くなってる。面白いよ、これ！　行けるぞ！」

星宮に自信を持たせるため、強く断言する。

いつの間にか、タイトルも仮題として置いていた『夏の海の物語』から『謎解《なぞと》き少女は恋を知らない』に変わっていた。今時のライト文芸の雰囲気《ふんいき》で良いと思う。

武器は用意した。後は家に戻り、戦うだけだ。

そう考えた瞬間の出来事だった。店の扉《とびら》を開く鐘の音が鳴る。

何となく嫌な予感がした。つかつかと、足音が迷いなくこちらにやってくる。

振《ふ》り返ると、そこにいたのは星宮の父親――征さんだった。

「……ここにいたのか、陽花里」

冷たく響く淡々《たんたん》とした口調だった。

テーブルの下で、星宮の手が震えているのが見えた。

だから俺はその手を握《にぎ》る。そして、あえて太々《ふてぶて》しい態度で挨拶した。

「……どうも、星宮のお父さん。何か用ですか？」

「……君に用はないよ。妙《みょう》な挑発《ちょうはつ》はしないでくれ。どうせ娘《むすめ》は君たちを頼っていたのだろう？　迷惑をかけて申し訳ないとは思っている。だが、ここからは家庭の問題だ」

征さんは冷静に俺の言葉をいなす。

数日経《た》ったことで、頭は冷えているようだった。

「帰るぞ、陽花里。これ以上、他人に迷惑をかけるな」

「……僕《ぼく》に迷惑をかけるな、の間違いじゃないの？」

青い顔で、震える声で、それでも星宮は強気に言い返した。

「……何だと？」

征さんは眉根《まゆね》を寄せる。

「一応言っておきますが、俺たちは迷惑だなんて思ってないですよ。友達が助けを求めていたんだ。それに応えるのは当然のことでしかない」

あえて感情を乗せず、淡々と語る。

俺にできるのはフォローだけだ。戦うのは俺じゃない。

「……帰るのは、いいよ。元々、今日帰るつもりだったから」

「そうか。だったら――」

「――その代わり、わたしの話を聞いてほしい」

星宮は、顔を上げる。

無表情の征さんと目を合わせる。

征さんはちらりとテーブルの上に目をやる。

パソコンと原稿を見てから、口を開く。

「……小説家になりたい、と言っていたな。その話か？」

「それだけじゃないけど、それもある。わたしは……小説家になる」

「もっと有意義な生活を送れ、と言った僕の話を聞いていなかったのか？　これでいったい何日を無駄《むだ》にした？　ただでさえ成績もあまり良くないというのに」

「成績は、もっと上げる。勉強もちゃんとやるようにする。小説家を目指すけど、他の選《せん》択肢《たくし》も探すよ。たとえなれたとしても、最初は兼業《けんぎょう》でやることになると思うから」

「……ただ夢を見ているわけではないようだな。それを約束できるなら、趣味として続けるぐらいは認めてやってもいい。だが、将来のことはまた話が別だ。お前は今、兼業と簡単に言ったが、要領の悪いお前にそれができるのか？　そもそも根本的な問題として、お前に小説家になれるような才能があるのか？　僕は、そうは思わない」

淡々と征さんは語る。

聞き分けのない娘を言い聞かせるように。

「大人しく僕の言う通りにしておいた方が、間違いなく裕福《ゆうふく》で幸せな人生を送れる」

「……それは、違うよ。わたしの人生はわたしが決める」

「まだ分からないのか？　僕はお前のためを思って言っているんだ。我儘《わがまま》を言うな」

「我儘を言ってるのは、そっちだよ。勝手な気持ちの押《お》し付《つ》けはやめて」

「……陽花里。お前の気持ちは分かる。僕も小さい頃《ころ》は、今は亡《な》き父の言う通りに過ごしてきた。厳しい教育だった。反抗《はんこう》したいと思ったことは一度や二度ではない。諦《あきら》めてきたものも少なからずあった。ただ結果的に、それで僕は成功している」

そう語る征さんは、自分が正しいと信じて疑わない様子だった。

「裕福な暮らしだ。会社も上り調子。今は、父が僕の幸せのために厳しくしてくれたのだと分かる。だから僕も同じように、今度はお前を幸せにしたいと思っているんだ」

本気で言っているのだろう。本気で娘の幸せを願っている。

だからこそ恐《おそ》ろしいと思った。悪意を持った人の方が、まだマシだ。

「人それぞれだよ。そのやり方でパパが幸せになれたとしても、わたしも同じだとは限らない。わたしは人の指示で生きるような生き方を、幸せとは思わない」

「いい加減にしろ！　僕は――」

「――そもそも、パパは本当に幸せなの？」

星宮がそう尋《たず》ねると、虚《きょ》を衝《つ》かれたように征さんは黙る。

「会社の調子は良いかもしれないけど、ママとはずっと仲悪くて、喧嘩《けんか》ばかりで、お金はあっても、家族なんてものは存在しない。わたしだってパパのこと、嫌いだよ。そんな状態で本当に幸せなの？　そうやって、自分に言い聞かせてるだけじゃないの？」

そこで征さんは初めて表情を歪《ゆが》めた。

「今までの自分が間違っていたことを、認めたくないだけじゃないの？」

畳《たた》みかけるように、星宮は言う。

「お前っ……！」

征さんは思わず怒鳴《どな》りかけて、しかし心を落ち着かせるように息を吐《は》いた。

こういう冷静さはあるのに、どうしてこうも頑固《がんこ》になれるのか。

やがて征さんは表情を歪めたまま、肩をすくめる。

「……なら、どうすればいい？　僕はずっと、こうやって生きてきた。今は亡き父の真似《まね》をして、他人を思い通りに動かしてきた。これ以外の生き方を、僕は知らない」

征さんの投げやりな言葉に、星宮は叫《さけ》ぶように言う。

「知らないなら、知っていけばいいよ！　パパはそれを怖《こわ》がってるんだ！　わたしよりもずっと大人のくせに、臆病《おくびょう》なんだ！　わたしにも、その生き方を押し付けてる！」

これまで生きてきた十六年の想《おも》いを言葉に乗せて。

椅子《いす》から立ち上がった星宮陽花里は、征さんを真《ま》っ直《す》ぐに見て宣言した。

「──わたしはパパとは違う！　自分の夢も、友達も、自分で決める！　それで苦しむことになったとしても、幸せになれなくても、自分で選んだのなら後悔《こうかい》しない！」

しん、と店内が静まり返った。

場違《ばちが》いに陽気なＢＧＭだけが流れ続けている。

店にとっては迷惑な口論になっているが、店主は口を挟《はさ》んでこない。

たまたま他に客がいないおかげだろうな。普段はもう五、六組いるんだが。

「そう、か……」

しばらく星宮と見つめ合っていた征さんは、ゆっくりとため息をついた。

「これ、読んで」

そんな征さんに、星宮は手元にある小説の原稿を差し出す。

「……何だ、これは？」

「わたしが書いた小説。才能がないって断言する前に、ちゃんと読んで確かめて」

ふん、と征さんは鼻を鳴らした。

面倒臭《めんどうくさ》そうな顔をしつつも、受け取る。

「……良いだろう。そこまで言うなら、読んでやるのは構わない」

「それを読んで、面白《おもしろ》いと思ったら、認めて！」

その台詞を用意していたかのように、星宮は言った。

征さんは表情を変えないまま、「……何をだ？」と疑問を呈《てい》する。

星宮は大きく深呼吸して、繋いだままの俺の手をぎゅっと強く握り締める。

「わたしはもう、パパの操《あやつ》り人形《にんぎょう》にはならない。――それを認めて」

征さんはしばらく黙《だま》り、星宮の顔をじっと見ていた。

「操り人形、か」

やがて、面倒臭そうに鼻を鳴らした。

「僕がお前の要望を認めない場合、お前は家出を続けるのか？」

「そ、それは……難しいけど。いつまでも、友達に頼《たよ》るわけにはいかないから」

「だとしたらお前はどのみち、家に帰ってくるしかないわけだが」

征さんの淡々とした言葉に、星宮は「……う」と反論もできずに押し黙る。

「……まあいい。お前の要望は分かった」

それから原稿を脇《わき》に抱《かか》えたまま、くるりと背を向ける。

「行くぞ。お前の要望は聞いてやる。当然、僕がその小説を評価するとは限らないがな」

青い顔をしていた星宮は、そんな征さんの背中を見て目を瞬《またた》かせる。

だから俺《おれ》は繋いだ手を放して、茫然《ぼうぜん》としている星宮の背中を押してやった。

「行ってきな」

「きっと大丈夫よ、陽花里」

七瀬と二人で強く頷《うなず》いてやると、星宮も「うん！」と言って立ち上がる。

征さんは「すみません、お騒《さわ》がせしました」と店主に頭を下げてから、店を出る。

星宮はぱたぱたと足音を立てて、そんな征さんを追いかけていった。

「……これで全部上手くいくのかしら？」

「……さあな。まあ、流石《さすが》に星宮の要望がそのまま通ることはないと思うけど」

あの様子なら、これまでのように頭ごなしな否定はしないだろう。

そして今の星宮は、理不尽《りふじん》に反抗できる意志を持っている。

「……まあ多分、大丈夫だろ」

何より征さんは他人を駒《こま》のように動かす人間だが、同時にこうも言っていた。

——自分の考えで動ける人材は貴重だ、と。

他人に指示を出すことが得意な征さんだからこその言葉だった。
親としてはどうかと思うし人としてもどうかと思うが、仕事の能力はあるからな。
それはそれとして、俺を最終選考で落としたことはいまだに許してないけど。
どのみちタイムリープするなら関係ない？
馬鹿野郎《ばかやろう》！　そういう問題じゃないんだよぉ！

▼第三章　夏と海と水着と花火とバーベキューと、恋

最近そんなに連絡《れんらく》してなかったせいか、美織《みおり》が怒《おこ》っていた。
『ふーん、そう。別に、私なんかもういらないって言うなら別にいいけど』
電話越しに、不満そうな声が響《ひび》く。
「悪かったって。理由はさっき説明しただろ？」
それに星宮《ほしみや》の件は、だいぶ星宮のプライベートに関わってくる。
俺も美織には頼りたかったが、何も言わなかった理由は主にそれだった。
『まあ、分かるけどさ……なんかムカつく……』
星宮の件をざっと説明した後もなお、美織は文句を言っている。
別に俺が美織を頼らなかったからと言って、美織に損はないはずなんだが。
『それで……結局、陽花里《ひかり》ちゃんは？　旅行は行けるの？』
「なんか、ついでにそれも説得したらしいぞ」
星宮の書いた小説は面白い。征さんもそれを認めたらしい。

実際、これは俺の贔屓目《ひいきめ》かもしれないが、小説賞の受賞レベルだと思う。

そのおかげで星宮はある程度征さんに強く出られるようになり、成績を上げる約束をする代わりに趣味《しゅみ》である小説の継続《けいぞく》を認めさせ、本業としての就職先も探す代わりに小説家を目指すことを認めさせ、交友関係も自分で決めることを認めさせ、なんかついでに海に旅行に行くことも認めさせていた。でも、なぜか普段の門限は緩《ゆる》くならないらしい。

征さんは「娘が反抗期《はんこうき》になった……」と嘆《なげ》いているらしい。ウケる。

『要は、全部良い感じに解決したんだね』

「ああ。星宮が家出したって聞いた時はどうなるかと思ったけど、良かったよ」

星宮から報告の電話を受けた時は、本当にほっとした。

あれから一週間が経過した。もう海への旅行は二日後に迫《せま》っている。

旅行組のグループチャットをさかのぼると、星宮が『行けるの確定した！』というコメントと、『問題なし！』と親指を立てているキャラのスタンプが押してある。

今は何を準備するべきかって話題でチャットが盛り上がっていた。

「……そっちはどうだった？」

聞くべきか迷ったが、聞かないのもおかしいので美織に尋ねる。

俺が美織に相談しなかった理由は、もうひとつあった。

それは女子バスケ部のインターハイ予選が佳境《かきょう》に入っていたからだ。

レギュラーの美織に余計な心労を与《あた》えたくなかった。

『負けちゃったよ、完璧に。やっぱり全国常連校は強いねー』

美織は思いのほか、あっさりとそう言った。

女子バスケ部は群馬県のインターハイ予選準決勝まで進出していた。しかも相手は全国常連校である円堂高校。うちの女バスは強いが、それでも明らかに格上である。

星宮が家出をしていた日は、ちょうど予選準決勝の前日だったのだ。

負けたのなら落ち込んでいるかと思ったが、割と吹《ふ》っ切れている様子だ。

『次は勝つよ。あなたも練習に付き合ってね』

ぽつりと、呟《つぶや》きが零《こぼ》れる。

その言葉には悔《くや》しさが滲《にじ》み出ている。

それでも落ち込んでいるわけではなく、未来を見据《みす》えた前向きな言葉だった。

「気が向いたらな」

『駄目だよ。私がやるって言った時はやるの。計画のパートナーでしょ？』

「バスケは契約《けいやく》に含《ふく》まれてないぞ……」

『じゃあ、幼馴染《おさななじみ》でしょ？　幼馴染を見捨てるの？　ただでさえ友達少ないのに』

「分かった分かった。別にいいから、余計な悪口をつけるな」

なんか最近の美織はちょっとわがままだった。……こんなんだっけ？

この前までは何というか、一歩引いた冷静さがあったような気がするんだけど。

「ついでに聞いちゃうけど、男バスは？」

怜太《れいた》のサッカー部は夏休みに入る前に負けてしまったので知っている。

だが男バスは確か二回戦までは突破《とっぱ》していて、三回戦を控《ひか》えたまま夏休みに入った。

『竜也《たつや》くんから聞いてないの？　夏休み初日に負けちゃったよ』

「あー、そうなのか」

そこはやりなおし前と変わらないんだな。まあ別に変わる要因もないか。他の部活もやりなおし前と同じなのかもしれないが、俺が知らないので確かめようもない。

「じゃあ、みんなもう部活に一区切りはついてるのか」

『そうだね。今回の旅行は、部活組の気分転換《てんかん》には丁度いいかも』

とりあえず、みんな問題なく行けそうで企画者《きかくしゃ》としては何よりだった。

『楽しみだね』

美織が、何だか本当にウキウキしているような声音《こわね》で言う。

「……そうだな」

普段は淡々と喋る美織が、露骨に楽しそうにしているのは珍しい。

そんな美織の様子を見ていると、俺も自然と嬉《うれ》しくなった。

美織との通話が終わり、風呂《ふろ》に入って歯を磨《みが》いてからベッドに寝転がる。

まだ二日前なのに、旅行が楽しみで仕方ない。

——逸《はや》る気持ちを抑《おさ》え込むように、俺は無理やり瞼《まぶた》を閉じた。

＊

前日は楽しみすぎてあまり眠《ねむ》れなかった。

小学生かよと自分に突っ込みつつ、寝《ね》ぼけまなこをこすって家を出る。

個々では何度か会っていたが、みんなで集まるのは久しぶりだ。みんな最寄《もよ》り駅がバラバラなので、まずは高崎駅で一度集まることになっている。新幹線に乗るからな。

「おはよ。良い天気だね」

家の前で待っていた美織が、ひらひらと手を振ってくる。

「何だ、待っててくれたのか」

「どうせ一緒《いっしょ》に行くから。幼馴染としては起こしてあげた方がよかったかな？」

「やめろ物語のヒロインみたいな挙動をするのは」

俺が怖がると、あははと美織は軽快に笑う。

「そういう挙動の幼馴染ヒロインって割と負けがちじゃない？」

お、俺が好きなヒロインの悪口はやめろ！

昔からアニメやラノベだと（負けるタイプの）幼馴染ヒロインを好きになりがちだったので、その言葉は俺に効く。美織に言うといじられそうなので言わないけど。

ごちゃごちゃ考えている俺に対して、

「それじゃ、行こっか」

出発進行！　と言って楽しそうに歩き出す美織。

待っていたくせに、勝手に進んでいってしまう自由な姿を見て懐《なつ》かしくなる。

「……仕方ないな」

俺は昔と同じように、大人しく美織の後をついていった。


地元駅から電車に乗り、高崎駅で降りる。

道中、美織の止まらない部活話に付き合わされつつ。

改札を出ると、正面にある掲示板《けいじばん》の付近にすでにみんなが集まっていた。

「おはよーっ！」

俺の隣《となり》にいる美織がぶんぶんと手を振る。

一斉《いっせい》にみんなの視線がこっちに向いた。

「あ、ミオリン、ナツ！　おはよーっ！」

最初にぱっと表情を明るくしたのは詩《うた》だ。両手をぶんぶんと振り返してくる。

「やあ、久しぶりだね」

その隣で、怜太が柔和《にゅうわ》な笑みを浮《う》かべていた。

「うぃっす……てか、クソねみぃ……」

竜也が気怠《けだる》そうな調子で片手を挙げつつ、大きなあくびをする。

「あ、二人とも。来てたんだ」

壁《かべ》に背を預けていた本堂《ほんどう》さんが、スマホから顔を上げる。

「ミオリンーっ！」

俺たちが近寄って合流すると、まず詩が美織に勢い良く抱き着く。

美織が子供をあやすような感じで詩の頭を撫《な》でている時、竜也が肩《かた》を組んできた。

「眠すぎて立ってんのがきちぃよ……」

「だからって俺を支えにするのはやめろ……」

いくら体を鍛《きた》えているとはいえ、竜也は俺よりガタイが良く俺より背が高い。普通《ふつう》に七十キロは超《こ》えているだろうし、重いんだが。

「だいたいなんでそんなに眠いんだよ？」

いや、俺も同じぐらい眠いけどね。表面上は隠《かく》している。

「竜也は子供だから、楽しみな行事の前はいつも眠れないんだよ」

「うるせえ怜太。余計なことを言うな」

竜也は若干《じやつかん》照れていたが、俺も同じ状況《じようきよう》なので何も言えない。

ふと怜太が時計を見る。

「そろそろ集合時間だけど……後は七瀬《ななせ》さんと星宮さんか」

「お、いるじゃねーか。ちょうど来たみたいだぜ」

竜也の視線につられて俺もそっちを見ると、七瀬と星宮がキャリーケースを転がしながら改札を出たところだった。俺たちの視線に気づいて、軽く片手を挙げている。

「ごめん！　ちょっと遅《おく》れたかな？」

両手を合わせて謝《あやま》る星宮に、怜太と俺が答える。

「いや、時間ピッタリだよ。気にしないで」

「元々、余裕《よゆう》のある集合時間にはしていたからな」

星宮の後ろにいる七瀬が、額を押さえながら謝ってくる。

「ごめんなさい。陽花里がずっと服に迷っていたせいで時間が……」

「ゆ、唯乃《ゆいの》ちゃん⁉　それは言わない約束だよ⁉」

ははは、と場に笑い声が響く。

久しぶりに集合しても、みんなの雰囲気は変わらないな。

やはり新鮮《しんせん》なのは、この面子に美織と本堂さんが交ざっていることだ。

ちら、と本堂さんを見ると、向こうも俺を見ていたようで目が合う。

「灰原《はいばら》くんは、海って好き？」

特に何の感情もなさそうな表情のまま、本堂さんは尋ねてくる。

「……へ？　そりゃまぁ、普通に好きかな？」

「そう。私も好き」

本堂さんはそう言って、視線をスマホに戻した。

……もしかして、結構独自世界観なタイプの子ですか⁉

＊

みんなでチケットを購入《こうにゅう》し、新幹線に乗る。

このまま新潟まで一時間ぐらいは乗りっぱなしだ。

自由席に乗ったが、乗客は少ない。俺たちは前側の椅子を後ろ向きに変えることで向かい合わせの形にした。ただ、横並びが三席で区切られ、通路が挟まっている。

俺たちは八人だ。自然と真ん中の一席は空けて座ることに。

新幹線に入った順の流れに沿って座った結果、通路左側が怜太、七瀬、美織、竜也の四人となり、右側が俺、本堂さん、星宮、詩の四人になった。

男が俺ひとりで、正面が本堂さんということもあり、ちょっと気まずい。

隣に座るのが詩で、斜《なな》め前《まえ》が星宮だった。今は星宮、詩、本堂さんの三人が仲良さそうにわいわいと話している。本堂さんも表情はあまり変わらないが、割と喋っている。

俺はなんか絶妙《ぜつみょう》に話に入れなかったので窓の外を眺《なが》めている。詩も星宮もなぜか俺に話を振ってくれない……悲しい……自分から入れってことですか？　そうですよね。

ふと反対側の席を見ると、主に怜太と美織が仲良く話していた。

竜也は朝飯を食べていないようで、さっき買った駅弁を食べている。

七瀬はそんな竜也をじっと眺めつつ、「よく食べるわね」と感心している。

あっちはあっちで楽しそうだな。

そんな風にぼんやりと考えていると、視線を感じる。

「うん？」

自分たちの席に視線を戻《もど》すと、なぜか星宮と詩が俺をじっと見ていた。

「……どうした？」

声をかけると、二人ははっとしたように目を見張る。

「な、なんでもないよ。ねえ詩ちゃん？」

「そ、そうだよねヒカリン！」

なんだ……？

俺が場の空気に疎《うと》いからか、これがどういうノリなのか分からない。

首をひねったまま本堂さんに視線を移すと、彼女は表情を変えないまま肩をすくめた。

なんとなくぎこちない雰囲気のまま、沈黙《ちんもく》が訪《おとず》れる。

「ねぇ」

ふと、本堂さんが口を開いた。

その視線は、真っ直ぐに俺を捉《とら》えている。

「灰原くんって、どんな人？」

……それ、俺に聞く？

「どんな人……なんだろうな？」

困り果てた俺は星宮にヘルプを求める。

むむ、と星宮は少し考える仕草をしてから、語り始めた。

「えっとね、身長は百七十八センチ、体重は六十五キロ、好きな食べ物はラーメンとオムライス、名前の由来は誕生日が八月二十八日だから。趣味は読書と筋トレで、得意なスポーツはバスケ、勉強も得意で、得意教科は物理と数学、家族構成は――」

星宮はすらすらと俺の情報を並べ立てる。

この前、いろんな質問に答えたとはいえ、よくそんなに覚えてるな。

「……ヒカリン、なんでそんなに詳《くわ》しいの？」

詩がきょとんと小首を傾《かし》げている。

そんな詩を見て、星宮はピタリと動きを止めた。

「……えっと、その、この前、いろいろ聞いたんだよね？」

「うん。なんか、いろいろ話す機会があったな」

どこまで言っていいのか分からないので、俺の答えも曖昧《あいまい》なものになる。

俺と星宮の曖昧な会話を聞いて、詩は「ふうん」と呟いた。

普通に不思議そうにしているだけだったが、なんか怖いのは何でだろう。

「頭が良いのは知ってる。いつも学年一位で掲示板に張り出されてるし。バスケが上手いのも美織から聞いてる。あとは、小さい頃の話とかも美織からいろいろ聞いたよ」

「マジかよ。余計なこと言うなって言っといてくれ」

本堂さんの言葉を聞いて表情が歪む。

幼い頃の話なんて、だいたいが黒歴史だ。高校デビューがバレている今は、過去のことを話されようが特に問題はないけど、恥ずかしいものは恥ずかしい。

「美織は灰原くんのことを話している時が一番楽しそうだから、止めにくいんだ」

何でもないような調子で本堂さんは呟く。

まあ、あいつは俺で遊ぶのが昔から好きだからな……。

「あたしもミオリンから、ナツの昔話いろいろ聞いちゃったんだよねー」

てへへ、と詩も悪戯《いたずら》っぽい顔で言う。

……あの女、好き勝手に人の過去を話しやがって！

通路越しに美織を睨《にら》むが、奴《やつ》はまったく気づかずに怜太と話《はな》し込《こ》んでいる。

「夏希《なつき》くんのちっちゃい頃の話か～」

興味深そうに星宮が反応したが、この前の電話で十分すぎるほど話しただろ！

「はい、この話は終わりでーす！　終わり！」

まずい話の流れになりそうだったので、強引《ごういん》に断《た》ち切る。

俺が露骨に嫌《いや》がっているせいか、あははと詩と星宮が顔を見合わせて笑った。

しかし、表情の変わらない本堂さんが俺に尋ねてくる。

「灰原くんは美織と幼馴染なんだよね？」

「……まあ一応、幼稚《ようち》園《えん》から一緒ではある。一応な」

逆に言えば、それだけでしかないのだから、幼馴染なんて大した間柄《あいだがら》じゃない。

単に、一緒にいる時間が長いだけだ。

そんなことを考えていると、急に本堂さんが顔を近づけてきた。

「な、何……？」

綺麗《きれい》な印象の顔立ちが視界いっぱいに広がり、緊張《きんちょう》する。

どうして、ここにいる女の子はみんなめちゃくちゃ可愛《かわい》いんですか？

普通に見惚《みと》れるからやめてほしい。顔が熱くなってくる。

「灰原くんは、美織のこと、どう思ってる？」

本堂さんは耳元でささやいてくる。

通路を挟んで反対側の美織に聞こえないようにするためだろう。

しかし星宮と詩には、流石に聞こえている。

　二人はじっと俺を見ていた。

「どうって言われても……普通に、仲の良い友達だよ。中学の時はあんまり話さなかったんだけどな。とにかく、あの性格だからいろいろ世話焼いてくれるし、助かってる」

　俺も小声で、そんな感じの本音を答えた。

　おそらく本堂さんが聞きたかったのは、美織のことを恋愛的《れんあい》に好きかどうかという話だろうが、この答えを聞けば俺と美織がそういう関係じゃないことは分かるだろう。

　美織と幼馴染だという話をすると、邪推《じゃすい》する連中は結構多いんだよな。

「……ふぅん。そうなんだ？」

「そうだよ。それ以外の感情はない」

　本堂さんはしばらく俺の顔をじっと見てから、満足したのか顔を離《はな》す。

　前傾《ぜんけい》だった姿勢を変えて、背もたれに背を預けた。

　なんか問い詰《つ》められている気分だったが、何とか切り抜《ぬ》けられたらしい。

　そう、思った瞬間《しゅんかん》だった。

「——じゃあ、詩と付き合ってるの？」

　鋭《するど》く差し込まれるような一言に、俺の顔が強張《こわば》った。

「い、いや……」

微妙《びみょう》な感じの否定しかできない俺に対して、詩が慌《あわ》てて口を挟んでくる。

「な、何言ってるのセリー⁉　まだ付き合ってないってば！」

「あ、そうなんだ。まだ付き合ってないんだ」

本堂さんの冷静な返しを受けて、詩の顔が急速に赤くなっていく。

「まだ付き合ってない……まだ、か。まだ、ね」

「セリー⁉　もうやめてってば！」

詩が耳まで赤くしながら、半泣きで叫ぶ。

正直、俺もだいぶ恥《は》ずかしい。なんかもう、可愛すぎるだろ。

「ごめんごめん。ちょっと楽しくなっちゃって」

本堂さんは僅《わず》かに口元を緩めて、詩に謝る。

星宮はその間、ずっと微笑《びしょう》を湛《たた》えて俺たちのやり取りを眺めていた。

……か、感情が読み取れない。でもなんか、ちょっと怖い？　何でだろう……。

「いや、夏祭りの時に、ちょっと見かけたからさ」

「あー、なるほど……」

夏祭りの俺と詩の様子を見られたなら、付き合っていると思われても正直仕方がない。

相当イチャイチャしていたので……。流石の俺も、その自覚はあった。

「え、セリーも来てたんだ⁉　全然気づかなかった。声、かけてくれればよかったのに」

「いや、かけられないよ。だって……私が二人を見かけたのは、詩の家の前だよ？」

へぇ、詩の家の前で見かけたのか。……詩の家の前？

それは、つまり……

『──ナツ』

『……これが、あたしの気持ちだから』

もしかして、あの場面を見られていたってことですか？

本堂さんは黙り込んだ俺と詩の顔を交互《こうご》に見て、「その、ごめん」と呟いた。

「……何かあったの？」

微笑を湛えたまま、そう尋ねたのは星宮だった。

「ちょ、ちょっとね！　ナツがあたしを家まで送ってくれたんだよね⁉」

誤魔化《ごまか》すように答えた詩が同意を求めてきたので、俺は頷いた。

「へぇー、そうなんだ。七夕まつりかぁ、いいな」

星宮は窓の外を見ながら、そんな風に呟いている。

確か星宮はその時、家の都合で神奈川県の方に行っていたんだっけ。

何にせよ、とりあえず何とか波乱は収まった。俺と詩の心臓はドキドキのままだが。

「……」

「……」

「……」

「……」


ただ、問題は再び沈黙が訪れていること。

反対側がわいわいと騒がしいので、こっちの沈黙が余計に際立《きわだ》っている。

ど、どうすればいい？

気になるのは、なぜか星宮と詩も口数が少ないことだ。別に機嫌《きげん》が悪いわけじゃないように見えるが、妙《みょう》にそわそわしているような気がする。何でだろう？

とにかく、もっと良い感じの雰囲気《ふんいき》を作りたい。

俺の会話が下手なのは今更《いまさら》だが、やはり新しい人がいると急に難しくなる。

緊張しているだけかもしれないが……美織のアドバイスを思い出せ。

コミュニケーションの基本は、相手に興味を持つことだ。

「本堂さんは、軽音部なんだっけ？」

だから俺は、本堂さんがどんな人なのか知ろうと考えた。

そういえば本堂さんもさっき俺のことを聞いてきたし、これが正解だと思う。

「うん。よく知ってるね」と、本堂さんは頷く。

「たまに美織から話を聞くから。ギターやってるの？　灰原くんもやる？」

「うん。小学生の頃から、ずっと。楽しいよ。灰原くんもやる？」

音楽の話になると、露骨《ろこつ》に声のトーンが上がる本堂さん。

表情の変化こそ少ないが、分かりやすい。よっぽど音楽が好きなんだろう。

「ギターなら、ちょっとは弾《ひ》いたことあるよ」

「え、本当？」

本堂さんが身を乗り出すように尋ねてくる。興味津々《きょうみしんしん》、といった様子だ。

またしても顔が近いので思わずのけぞりながらも、何とか普通に会話を続ける。

「ちょっとだけだよ。パワーコードぐらいしかまともに弾けない」

ひとりでやれることなら何にでも挑戦《ちょうせん》した大学時代の記憶《きおく》を思い出す。

ロック好きな俺が花形のギターに手を出すのは、まあ当然の流れではあった。

ジミ・ヘンドリックスに憧《あこが》れてストラトキャスターを購入したものの、大して上手《うま》くもならずに挫折《ざせつ》して、それからは部屋の隅《すみ》に置かれたままだった。もはや懐かしいな。

一緒にバンドを組む人がいれば続いたのかもしれないが……いや、言い訳だな。大学にも軽音楽部はあった。単純に、俺がそこに飛び込む勇気を持てなかっただけだ。

「へえ。私が教えてあげよっか？」

本堂さんはそう言ってから、思い出したように言葉を続ける。

「てか、灰原くんって帰宅部だよね？　軽音部入る？　いつでも入部歓迎《かんげい》だよ」

「な、なかなかぐいぐい来るなぁ……」

「あはは、セリーは音楽の話は大好きだから！」

思わずのけぞる俺を見て、詩が口を挟む。

「てか、名前でいいよ。私、自分の苗字堅苦《みようじかたくる》しくて嫌《きら》いなんだよね」

「芹香《せりか》さんって呼べってこと？」

「さん付けもいらない」

「芹香？」

「そ」

「じゃあ俺も夏希でいいよ」

「ん。じゃあよろしくね、夏希」

……なんか、すごく普通に名前呼びになってしまった。

これが陽キャの距離《きより》感ですか？

俺はいつまで経《た》っても星宮のことを名前で呼べるようにならないんですけど。

まあ芹香のことは何とも思っていないからこそ、自然に対応ができたわけだが。

相手が星宮だったら、名前ひとつ呼ぶだけで俺の顔が赤くなりかねない。

星宮……いや、陽花里……陽花里。うん、できない気がしてきた。詩みたいに最初から名前呼びができたら問題なかったと思うが、今更変えるのは非常に恥ずかしい。

ちら、と無意識に星宮を見てしまう。星宮も俺を見ていた。

俺が視線を逸《そ》らすよりも先に、星宮がぱっと視線を逸らす。何事もなかったかのように手元のスマホを見ていた。なんか今日の星宮、ちょっと挙動不審《きょどうふしん》じゃない……？

「ね、セリー。ナツもロック好きなんだよ」

「美織からちょっと聞いてたけど、何が好きなの？」

「あたしはやっぱりアレキかなー」

「俺の話じゃないの？」

「詩の好きなバンドは知ってるから」

「あははっ、冗談《じょうだん》冗談。ナツは確か、バンプとかエルレとか好きだよねー」

何でも好きだが、邦ロックだと特にその二つは好きだった。ワンオク、ウーバー、アジカン、ラッド、オーラル、フォーリミ、マイファス……挙げ始めるとキリはないが。

「へぇ、良いじゃん。私もエルレ好き。『風の日』とか」

「分かる。あれは歌詞が良い」

「ね。最近は一周回って日本語歌詞が胸に響くターンに入ってる」

「俺はむしろ、古い洋楽にハマってるんだよな」

最近は、どちらかと言えば昔の曲に回帰しがちだった。その理由は俺が七年前にタイムリープしているからだ。当然、最新の音楽を聞くことはできない。だから流行《はや》っている曲は聞き覚えのあるものばかりで、そのせいか、逆に趣味がどんどん古くなっている。昔の名曲は、当時の俺が聞いたことのないものばかりで、しかし最高にロックだった。

ロックの時代を変えたビートルズから始まり、ジミ・ヘンドリックス、ローリング・ストーンズやボブ・ディラン、パンクではセックス・ピストルズ、ハードロックではレッド・ツェッペリン、ヘヴィ・メタルではブラック・サバス、そして、ニルヴァーナ。他にもロックの歴史の中にはたくさんの名バンドが埋《う》もれているが、俺が押《お》さえたのはこの辺りだ。

「あー、分かる。ちょっと前まではニルヴァーナにハマってた」

女子高生にしてはなかなかいかつい趣味してるな。

なんか意外と話が合うかもしれない。

「やっぱり『ネヴァーマインド』か？」

ニルヴァーナが爆発的《ばくはつてき》に売れたきっかけとなるアルバムを挙げると、芹香は頷く。

「名盤《めいばん》すぎるよね……てか、ちゃんと通じるんだね」

「何でも聞くタイプなんだよ。雑食なだけ」

そんな感じで、つい芹香と話し込んでしまう。

やっぱり音楽の話は面白《おもしろ》くて、気づいたら星宮と詩を置いてけぼりにしていた。

ちょくちょく話についてきていた詩はともかく、星宮はまったく分からないだろう。

相槌《あいづち》を打つだけになっていた星宮に、手を合わせる。

「すまん。こっちで盛り上がって」

「気にしないで。それにしても、夏希くんって多趣味《たしゅみ》だよね」

「音楽の趣味と同じで、何でも浅く広くかじってるだけなんだよ……」

それが役に立ったことはほとんどなかったが、青春をやりなおしてからはそれなりに役立っているような気もする。この趣味も、芹香と仲良くなるきっかけになった。

だいぶ打ち解けたような気がする。

とはいえ、まだ表情の変化は見抜《みぬ》けない。

七瀬の時は段々分かるようになってきたんだけどな。いや、どちらかと言えば七瀬の表情が最初は硬かっただけかもしれない。何なら最近は普通に表情豊かだと思う。

「あ、そろそろ着くみたいだね。次の駅だよ」

「え、マジで？」

「喋《しゃべ》ってたら一瞬《いっしゅん》だね」

「あはは、ナッとセリーはずっと盛り上がってたから」

ともあれ、芹香と話せるようになるミッション（？）には成功した。

ぎこちない感じになったら嫌だし、序盤《じょばん》のうちに仲良くなれてよかったぜ……。

＊

新潟駅に着いて、ちょっと休憩《きゅうけい》してからバスに乗る。

向かう先は宿泊《しゅくはく》予約をしてあるコテージだ。まずはここに荷物を置く。

駅から海までに比べるとちょっと回り道にはなってしまうが、コテージから海は徒歩で行けるぐらいには近いので、いったん寄っておいた方が無難だと考えたのだ。

みんなにも相談したとはいえ、プランを考えたのは主に俺なので緊張している。

行き当たりばったりのぶらり旅ならよくやっていたが、集団旅行は学校行事を除けば初めてだからな。俺の指示がみんなの行く末を左右すると思うと気が重くなってきた。

「なに心配してるの。あれだけ確認《かくにん》したんだから、問題ないよ」

美織が気遣《きづか》ってきてくれたのかと思いきや、ぱしんと俺《おれ》の背中をはたいてくる。

「……あの、痛いんですけど？」

「幼馴染が元気づけてあげたんだから、感謝してね」

「暴力のおまけはいらないんだよなぁ……」

揺《ゆ》れるバスの中、窓際《まどぎわ》の席に座《すわ》る俺の隣は美織だった。

せっかくの旅行なんだし、新幹線に引き続き怜太の隣に座ればいいのに。

「芹香とは仲良くなれた？」

「まあ、普通に話せるようにはなったよ。趣味も合うから」

「それならよかった。後ろにいたあなたは気づかなかったと思うけど、私が芹香に席を交《こう》換《かん》してもらったんだよ。本来は、私があなたの正面に座る配置になりそうだったの」

「……何だ。気を遣《つか》ってくれたのか？」

俺が芹香と仲良くなれるように。

「違《ちが》います。私が怜太くんの隣に座りたいからに決まってるでしょ」

美織はそう語るが、なぜかちょっと疑わしい。性格が世話焼きすぎるからなぁ。最近は特に、自分の恋愛よりも俺のサポートを優先しているような気がしてならない。

現に、今は俺の隣にいるわけだし。

まあ俺も、美織が傍《そば》にいてくれた方が安心するけど。

「夏希、ここで降りるんだよね？」

「あ、そうだな悪い。ちょっと話し込んでた」

怜太が俺のミスをフォローしてくれて、いちいち助かっている。

慌ててバスを降りると、いかにも田舎《いなか》って感じの一本道が続いていた。

「あ、見て！　あっちに海が見えるよ！」

星宮が嬉しそうに叫《さけ》んだので、指差している方向を見る。

ここからは少し距離があるけど、木々や住宅の隙間《すきま》から確かに海が見える。

「おおー、なんかテンション上がってきたなぁオイ！」

竜也が分かりやすくウキウキしながら俺の肩に腕《うで》を回してくる。

「おーい、暑苦しいって」

ただでさえ気温が高いのに、むさい男の腕なんて纏《まと》ってられるか。

まあ今日は普段《ふだん》の暑さに比べたらマシだが。群馬が暑すぎるのかもしれない。

「夏希、確かこっちだよね？」

怜太が指差す方向をマップアプリで確認してから、「そうだな」と頷《うなず》く。

ありがてえ、怜太。有能すぎるよ……。

「なんか、ぜんぜん人いないね？」

「この辺りは、旅館とか民宿とかコテージとかが集まる通りだからな」

きょろきょろと周囲を見回す詩に、そう答える。

ちらほら観光客らしき人はいるが、それだけだ。住宅街とはまた違うので、住人らしき人は少ない。もっと駅近くの栄えている方に行けば、たくさん人はいるだろうが。

「えへへへへ、唯乃ちゃーん！　いえーい！」

「な、何なの、陽花里……？　そのテンションにはついていけないけれど？」

海が見えたせいか、心なしかみんなのテンションが高い。

その中でも、星宮は露骨に楽しそうだった。

もうなんかずっと笑っている。

……まあ、今日ここに来るまで、いろんな苦労があったからな。

星宮が今ここにいることを、あんな風に笑っていられることを、嬉しく思う。

「……ナツ？」

じっと星宮を見ていたが、隣の詩に声をかけられて我に返った。

「あ、ああ……どうした？」

「……ううん、何でもない！　海、楽しみだね！」

数分歩くと、すぐに目的地のコテージに辿《たど》り着いた。

まず目に入ったのは広いテラスだ。造りは洋風。木製で、何というか雰囲気がある。駐車場《ちゆうしやじよう》スペースも広い。まあ車で来る人の方が多いんだろう。俺がやりなおし前なら運転免許《めんきよ》を持っていたんだけどな。一台停《と》まっている車は家主のものだろうか。

「はいはい、いらっしゃい」

玄関先《げんかんさき》まで行くと俺たちの到着《とうちやく》に気づいた家主が出てきて、家の中を案内しながら風呂やキッチンの使い方など軽い注意事項《じこう》の説明をした後、鍵《かぎ》を渡《わた》してくれる。

「じゃ、一泊《ぱく》ということで。楽しんでねー」

家主のおじさんは置いてあった車に乗って去っていった。

「うおー、リビングがひろーい！」

詩が長いソファにダイブして、そのまま寝転《ねころ》がる。

俺はもう一度構造を確認することにした。

玄関《げんかん》を開けると正面に階段がある。右側の引き戸を開くと、一階はほとんど区切られることなく、そのまま大部屋となっていた。長めのソファが二個、低めのテーブルを挟《はさ》んで対面していて、正面にはテレビもある。木製のテーブルと椅子《いす》も並んでいた。

キッチンとトイレだけが区切られているのだと思ったが、よく見ると奥《おく》にはもうひとつ部屋があった。八畳《じょう》ぐらいの和室で、何かで集まって遊ぶには丁度よさそうだ。

二階に上がると、小さな部屋が十室ほどあって、造りは同じだ。二台のベッドと、小さなテーブルと椅子がついている。寝る時は二階で、二人一部屋になるだろうな。

造りが事前情報と同じであることをチェックしてから一階に戻ると、みんな荷物を部屋の隅に置いて、ソファに深く腰掛《こしか》けて寛《くつろ》いでいる。すでに冷房《れいぼう》も効いていて涼《すず》しい。

「ちょっと休憩してから、海に向かおうかって話になってるけど」

「分かった」

怜太の確認に頷く。

暑い中、休みなく移動を繰《く》り返したら七瀬がダウンしかねないからな。

まあ七瀬以外も、熱中症《ねっちゅうしょう》になる危険はある。みんなの体調には気をつけないと。

「今日はどうすんだっけ？　海は行くんだよな？」

「まあ海水浴場に行って遊んで、スーパーで肉やら野菜やらを買って帰ってきて、そこのテラスでバーベキューやって……後はまあ、風呂に入って寝る」

竜也の問いかけに、ざっとした流れを答える。

「いいねぇ、テンション上がってきたぜ」

それが初日のプランだった。

バーベキューをした後はボードゲームや何かで遊ぶのも良いと思っている。

竜也は突然《とつぜん》ガバッと立ち上がり、大きな声で宣言する。

「うっし、十分休んだし、さっさと行こうぜ！」

竜也は水着等を入れた手荷物だけ持って、さっさと部屋を出ていく。

金欠がどうとかで一番渋《しぶ》っていたくせに一番楽しそうだな。

俺たちも大きい荷物は置いて、水着など必要なものだけ持ってコテージを出る。

最後に出た俺がきちんと玄関の鍵を閉めてから振《ふ》り返ると、なぜかすでに竜也と詩と星宮がいない。……いや、あの二人は分かるけど星宮もいないの？

「行っちゃったわよ。陽花里も一緒《いっしょ》に」

日傘《ひがさ》を差している七瀬が呆《あき》れたように肩をすくめる。

「あいつら、歩いて海水浴場に行く気なのか？」

徒歩十分ぐらいとはいえ、逆に言えばこの暑い中それだけかかるわけだが。

もう少し待てば、普通に海水浴場の近くまで向かうバスが来る。

「楽しみで仕方ないんでしょう」

「私たちは普通にバスで行くって言っておいたよ」

七瀬と美織は苦笑《くしょう》していた。

「お前は一緒に行くキャラじゃないのか？」

「あなたね、いつの話をしてるのよ」

美織に突《つ》っ込むと、ぺしと頭をはたいてくる。

「それにしても、陽花里ちゃんがあんなにはしゃいでるのは意外だなぁ」

「陽花里は昔から、人一倍海が好きだから」

七瀬は遠くを見ながら言う。

「……ま、とりあえずバス停まで行こうよ。もうちょいで来るはずだし」

淡々《たんたん》とした芹香の言葉に従い、俺たちはコテージを出発した。

＊

海水浴場に到着した俺たちは、まず海の家で水着に着替《きが》える。

ちなみに竜也たちと到着時間はあんまり変わらなかった。

多少待ったとはいえ、車と徒歩じゃ相当違うからな。

先行した三人組のテンションが変わらずに高いので、まあ良しとしよう。

今は海の家の前で、男三人組で女子勢を待っている。男の方が着替えは早いからな。

「ついに来たぜ、この時がよ……っ！」

竜也がうおおおお、と凄《すご》い形相で拳《こぶし》を振り回している。

「フッ、僕《ぼく》はすでに全員の水着の脳内シミュレーションを完了《かんりょう》している……。これ、怜太が壊《こわ》れた……と思ったが、まあ怜太は前からこういうところがある。

この涼しい顔で思い切り下ネタに乗っかるのだ。男子勢にしか見せない顔だけど。

「おいおい、お前も何か言えよ。お前も楽しみだろ？　なぁ？」

上半身裸《はだか》の竜也と怜太も、肩《かた》を組んでくる。

いや、ノリノリすぎるだろ。

「そりゃまぁ、見たいっちゃ見たいけども……」

星宮の水着姿を想像しただけでも、どことは言わないが一部に血流が集まっていく。

何しろ、あの大きさだ。普段は着やせしているが、水着なら相当の……い、いや落ち着け俺。ここは詩の水着姿を想像するんだ。詩なら……いや、全然見たいんですけど？

普通に新鮮な恰好《かっこう》の詩が見たいんですけど？　だって好きだもん普通に！

内心では相当荒《あら》ぶっているが、表面上は何とか平静を保つ俺。

どう見てもウキウキしているアホな男三人組の前に、待望の瞬間が訪れた。

「やっほー！　待った？」

駆《か》け寄ってくる詩は赤と白のチェック柄ビキニだった。比較的露出《ひかくてきろしゅつ》は少ない方だが、それでも普段の恰好よりも白い肌《はだ》が眩《まぶ》しい。てか、もう可愛い。めちゃくちゃ可愛い。

直視しているのが限界なので目を逸らすと、そこには星宮がいた。

「……お、お待たせー」

星宮は恥ずかしそうにひらひらと手を振っている。

その胸元《むなもと》には深い谷間と、大きな二つの丘《おか》。今にも零《こぼ》れそうなそれが薄《うす》い布に覆《おお》われていて、細い腰《こし》から、くびれを描《えが》いてスカートのような大きい布が腰に巻かれている。いわゆるパレオというやつだろう。あの下には普通《ふつう》にボトムの水着があるのだ。

そう思うと、自然と家で見た下着姿がフラッシュバックする。というか、星宮が俺の家に泊《と》まったなんて、なんかもう信じられないな。もしかしたら夢だったのかも。

「陽花里、ちゃんと日焼け止めは塗《ぬ》ったの？」

今日も今日とて星宮の保護者をやっている七瀬は黒いビキニだ。俺と一緒に水着を買いに行った時にこんな水着を買っていたのか。ぶっちゃけ一番露出が多いと思う。と思ったら、すぐに上着のラッシュガードを着てしまった。

それでも、ボトムの水着が僅かにチラ見えしているのが逆にえっちだ。

背が高い分、長い脚《あし》が惜《お》しげもなく晒《さら》されている。ごくりと思わず唾《つば》を呑《の》んでしまう。

「怜太くーん。どうかな？」

一方、美織は会心の笑《え》みで怜太に水着を見せつけている。

イエローを基調としたお洒落《しゃれ》な水着だ。

こう見ると、意外と美織もあることがよく分かるな……。

スポーツマンらしく、ちゃんと引き締《し》まった体形をしている。

というか、なんか普通に可愛くてムカつくな。美織が可愛いって事実がムカつく。

「うん、似合ってるよ。可愛いね」

怜太も柔和《にゅうわ》な笑みで、素直《すなお》に美織を褒《ほ》め称《たた》えている。

「……夏希」

後ろから声をかけられ、振り向くと芹香が俺に近づいてきた。

ギャルっぽい容姿に似合う派手な虹色の柄の水着だった。そんな芹香はじろじろと俺の体を眺めた後、「……すごいね」と腹筋をぺたぺた触《さわ》ってきた。

「めっちゃ割れてる。趣味《しゅみ》筋トレだっけ？」

「まあな。暇潰《ひまつぶ》し程度だけど」

そう答えつつも、正直褒められて嬉《うれ》しい。夏休みに入ってからは腹筋に重点を置いたメニューをこなしていたからな。そう、すべては今日この日のために！

「とりあえず拠点《きょてん》を確保しようか」

「めっちゃ人いるねー」

「あっちの方がいいんじゃないかな？」

「陽花里、貴重品はロッカーに閉まっておきなさい」

「いいから行こうよ！　あたし早く泳ぎたい！」

……でも芹香以外の誰《だれ》も触《ふ》れてくれなかったので、ちょっと悲しい俺だった。

まあ怜太も竜也も十分筋肉あるし、特別俺が目立っているわけじゃないからな……。

さておき、多くの客で溢《あふ》れている砂浜《すなはま》の一部を確保し、レジャーシートを敷《し》く。自前で持ってきたパラソルを開いて、ちゃんと休める日陰《ひかげ》を確保した。荷物としてはかさばったけど持ってきてよかったな。自然の日陰はとっくに他の客に陣取《じんど》られている。

そんな感じの準備ができたタイミングで、

「よっしゃ！　突撃《とつげき》だあああっ！」

「あたしも行くぜ！　いえぇぇぇぇぇぇいっ！」

竜也と詩が海に突撃していく。そのままばしゃんと水飛沫《みずしぶき》を上げていた。

「美織、僕たちも行こう」

「うん」

怜太が美織の手を引き、そんな二人に合流する。

順調に仲が進展しているようで何よりだ。

砂浜を歩いていく二人は普通にカップルに見える。

「……あの二人、もう付き合ってるのかな？」

ふと、俺の後ろに立っている星宮が呟《つぶや》いた。その視線は怜太と美織を捉《とら》えている。

「俺は何も聞いてないけど……この前より進んでるように見えるよな？」

「うん。なんか、どっちにしろ時間の問題って感じだね？」

星宮はひそひそと小声で話しているせいか、物理的に距離が近い。正直、水着姿の星宮と肩が触れ合うような距離にいるのは緊張する。ふと二《に》の腕《うで》が触れ合った。

「あ……ご、ごめん」

星宮は、ばっと距離を取る。

ああ、そんなに急に離れなくても……。

「い、いや……俺も、ごめん」

そんなやり取りをしていると、七瀬が声をかけてきた。

「貴方《あなた》たちも行ってきなさい。私はここで荷物番をしているから」

俺は心臓のどきどきを抑《おさ》えて冷静さを保ちながらも、七瀬に返答する。

「ありがたいけど……いいのか？」

「貴重品はロッカーに入れたけど、まあ誰かひとりはいた方がいいでしょう？　最初からはしゃいでいたら、私の体力がもたないから。ペース配分が大事よ」

まるでマラソンの話のように語る七瀬。その隣《となり》には、芹香が座っていた。

「芹香は？」

「私は浮《う》き輪《わ》を膨《ふく》らませてから行く」

そう言って、ドーナツ状の浮き輪に息を吹《ふ》き込み始めた。

「分かった。じゃあとりあえず任せるよ」

そう伝えて、パラソルとレジャーシートで作った拠点を離れる。

星宮と二人、ざくざくと音を立てて砂浜を歩く。

道中、子供たちが砂遊びしているところを見て微笑《ほほえ》ましい気持ちになる。

ふと星宮が俺の腕を取って、足を止めた。

「星宮？」

振り返ると、星宮は腕から手を離す。

向かい合う体勢になって、星宮はもじもじと言葉を探していた。

「……どうか、したのか？」

「……えっと、その」

星宮は恥ずかしそうに頬《ほお》を紅潮させながらも、消え入りそうな声で言う。

「水着」

「……うん？」

「わたしの水着、どう思った？」

そんなストレートなことを聞かれるとは思わなかった。

思考が止まる。

びっくりして、星宮をじっと見たまま硬直《こうちょく》する。

「……そりゃ、綺麗だよ。めちゃくちゃ似合ってる」

流れ出たのは本音だった。

星宮が照れて赤くなるのを見て、俺の顔も熱くなる。

ただでさえ暑い日差しの中、なぜか体温がもっと上がっていった。

熱中症になりそうなので勘弁《かんべん》してほしい。

「……夏希くんも、格好《かっこ》いいと思う。体も鍛《きた》えられてて、男の子って感じがする」

星宮は顔を真っ赤にして、俯《うつむ》きながら呟いた。

……そ、そんな言葉で、俺が、……俺が落ちるとでも⁉

賞賛という名の暴力で殴《なぐ》られた気分だった。急に人を殴らないでほしい。

「……」

「……」

ナニコレ？

すごい恥ずかしいんですけど？

「そ、そろそろ行こ！　ごめんね、呼び止めて！」

星宮はいたたまれなくなったのか、駆け足で海に向かう。

「ちょ、星宮⁉」

どしゃ、と足を滑《すべ》らせて砂浜に転んだ星宮を見て、慌てて近づく。

「あ、あはははは……だ、大丈夫《だいじょうぶ》大丈夫」

「ほら」

手を差し出すと、星宮は俺の手を握《にぎ》る。

その手を引っ張ると、砂まみれの星宮は立ち上がった。

「あ、ありがとう……」

「ドジなんだから、慌てるなって」

星宮は「うぅ……」と不満そうな顔で、しかし何も言わない。

今しがたドジを晒したばかりなので反論できないのか。可愛《かわい》すぎるだろ。

「おーい！　ナツ！　ヒカリン！　こっちこっち！」

波打《なみう》ち際《ぎわ》で、詩が大きく手を振って叫んでいる。

その近くでは、美織と怜太が水をかけあって遊んでいた。

竜也はいないが、どうせ勝手に泳いでどこかに行っているのだろう。

「行こうぜ、星宮」

今日は、星宮が自分の手で掴《つか》んだ日だ。

将来の夢も、友達も、諦《あきら》めずに戦ったから、今日星宮はここにいる。

「うん！」

だから、楽しんでもらえたらいいなと思った。

＊

それから、俺たちは全力で海を楽しんだ。

「おい夏希！　あの岩までどっちが先に着くか勝負だ！」

「えぇー、まあいいけど。竜也って泳ぎ得意なんだっけ？」

「ああ。泳ぎなら負けねえぞ」

「じゃあ、あたし先にそこまで行って審判《しんぱん》やるね！　頑張《がんば》れナツ！」

「おい、俺の応援《おうえん》もしろ俺の応援も！」

「あはは、ごめんね！　あたしはナツの味方だから」

「ぐふっ……！　な、なかなかやるじゃねえか夏希……」

「いや俺はまだ何もしてないけど……」

――竜也と水泳で勝負したり。

「あー、波に揺られるの気持ちいいぜ」

「人の浮き輪で休むんじゃないよ。沈《しず》めぇっ！」

「ちょ、美織!?　バカ!?　もがもがっ……！」

「あははっ！　この浮き輪は私のものでーす！」

――ぷかぷかと浮き輪で揺られていたところを美織に沈められたり。

「待てぇっ！　ナツ！」

「ちょ、お前そんなのどこから持ってきたの？」

「売店で買った！　問答無用！　食《く》らえ！」

「あたたたっ！　それ結構痛いって！　勢いヤバい！」

——詩がどこからか買ってきた水鉄砲《みずでっぽう》で俺を狙《ねら》い撃《う》ちにしてきたり。


「あら、灰原くんも休憩？」

「ちょっと休まないと体力がもたないよ……」

「ふふ、だいぶはしゃいでいたものね。珍《めずら》しい。普段は落ち着いてるじゃない？」

「みんなのテンションにあてられてる自覚はある……」

「ちゃんと水は飲みなさいよ。倒《たお》れないようにね。ほら、そこのクーラーボックスに冷えている飲み物をたくさん用意したから」

「流石《さすが》は七瀬。みんなの頼《たよ》れるママ……」

「誰がママよ。娘《むすめ》は陽花里ひとりで手一杯《ていっぱい》だわ」

「じゃあママじゃん……」

——パラソルの下で休んでいる七瀬と、みんなが楽しんでいる様子を眺《なが》めたり。

「ねぇみんな、あっちでバナナボート乗らない？」

「え、そんなのやってるの？　めっちゃ楽しそうじゃん！」

「バナナボートって何だ？」

「あっちを見れば分かるよ。こっちはバナナみたいな浮き輪のボートに乗って、動力式のボートに引っ張ってもらう遊びかな。有料みたいだし、やりたい人だけで」

「わ、わたしはいいかな……ちょっと怖《こわ》い……」

「私はやろっかなー、面白そう。あなたはどうする？」

「もちろん行くよ。俺と竜也と詩と美織と怜太でいいのか？」

「よっしゃ！　れっつごーっ！」

――バナナボートに乗って、後ろの詩に肩を揺らされて転覆《てんぷく》したり。

「何で海で食う焼きそばってこんな美味《うま》いんだろうな？」

「海で食うカレーもなかなか捨てがたいぞ。どう見てもレトルトなんだけど」

「いやいや、ラーメンでしょ。あえてのシンプルな昔ながらの醤油《しょうゆ》。これが一番だよ」

「やっぱアレか。何だっけ？　海パワー効果ってやつだろ」

「……一ミリもかすってないけどプラシーボ効果って言いたいのか？」

「それだそれ。流石だな夏希」

——怜太や竜也と海の家で昼飯を食いながら、アホな会話を繰り広げたり。


「何してるんだ？」

「見ての通り、砂遊び。今、難しいところなの」

「こんなにクオリティが高い砂の城、初めて見たよ……」

「私はいつだって最高を追い求める生き物。ここで妥協《だきょう》はしない」

「頑張るのはいいけど、多分すぐに崩《くず》れちゃうぞ？」

「いいんだ、別に。だって、あんたの記憶《きおく》には残ったよね？」

「そりゃまぁ、これだけ立派な砂の城はなかなか忘れないだろうなぁ……」

「うん。それなら私の二時間が報《むく》われるかな」

「……二時間もこれやってたの⁉」

——熱心に砂遊びをする芹香とのんびり話したり。


「あたしのサーブだね！　食らえっ！」

「へ？　うわぁぁ……ご、ごめんなさい！」

「おい！　星宮を狙うなんて卑怯《ひきょう》じゃねえのか⁉」

「そうだよ。星宮さんの運動神経を考えて」

「れ、怜太くん？　その言葉が一番傷つくけど？」

「はいはい。次行くぞー」

「夏希くんもスルーしないで⁉」

——みんなとビーチバレーで遊んだり。

そんな風に、
あらゆるものを子供のように全力で楽しんだ俺たちは、
パラソルの下の拠点に集まって、休憩していた。

「つ、疲《つか》れた……」

日陰がやけに涼しく感じる。

まだ乾《かわ》ききってない体に、ゆるい潮風が心地《ここち》よかった。

レジャーシートの上に寝転がる俺の頭に、詩が冷凍《れいとう》ペットボトルを置いた。

「わ、つめた」

びっくりしたけど、冷たくて気持ちいい。

「あはは、いたずらだよ」

「いや、言わなくても分かるよ」

「あたしは正直なんだ。褒めてもいいよ？」

「……はいはい、偉《えら》い偉い」

隣に座る詩が寝転がる俺を覗《のぞ》き込《こ》んでいた。

俺の反応を見て、楽しそうに笑う。

その笑顔《えがお》が、なんか悔《くや》しくなるぐらいに可愛い。いちいち俺の心を揺さぶるのはやめてほしかった。ただでさえ水着効果でダメージが三倍になっているのに。

「美織、ほら」

「ちょ、やめてよ怜太くん」

俺たちの隣では、怜太が美織に同じようないたずらをしている。

ここは子供しかいないのか？　まったくもう、と言いながら美織は笑っていた。

「はー、楽しかった」

誰かが、そんな風に呟いた。

段々と日が傾《かたむ》いてきて、少しだけ涼しくなった。

それでも日が沈むには、まだまだ時間がかかりそうだが。

昼間はあんなにいた客が徐々《じょじょ》に減って、砂浜が疎《まば》らになっていく。

しばらく、誰も何も言わなかった。

みんな、ぼんやりと海を見つめている。

だけど居心地《いごこち》は悪くない。むしろ、ずっとここにいたいと感じる。

「……コテージに、戻《もど》ろうか」

それでも、終わりはやってくる。

名残惜《なごりお》しさを振り切るように、俺はそう言った。

＊

海の家のシャワーを借りて、さっぱりしてから私服に着替える。

帰り道はバスを使わず、みんなで歩いた。昼間より涼しいからってわけじゃなく、道中に大型スーパーがあるからだ。ここで食材を購入《こうにゅう》して、夜はバーベキューをする。

八人だとわちゃわちゃして店に迷惑《めいわく》なので、買い物メンバーを厳選した。じゃんけんの結果と実際役に立つかどうかを考慮《こうりょ》し、俺と七瀬と芹香と怜太になった。

「これとこれとこれと……」

俺が主体で買い物をするつもりだったが、七瀬がほいほいと籠《かご》に入れていく。

流石はみんなのママだ。頼りになるぜママ。そういえば七瀬ママはバイト先の発注とかも担当していた。迷いがないのは、その経験が活《い》きているんだろうな。

「他に何かあるかしら？」

おおむね必要なものを籠に入れたタイミングで、七瀬が尋《たず》ねてくる。

「いや、大丈夫《だいじょうぶ》じゃないか？　あんまり買いこみすぎて余ってもアレだからな」

なぜか芹香がマキシマムという調味料を籠に入れていたが、突っ込み損《そこ》ねたな……。

「竜也くんがどれだけ食べるか読めないのよね」

「足りなかったら、竜也にここまで買いに来させればいいよ」

そう言って怜太が肩をすくめたので、俺たちは「確かに」と笑って頷いた。


買い物を終えて、重いレジ袋《ぶくろ》を手分けして帰り道を歩く。

俺が一番重いレジ袋を担当したが、流石に重い。

まあ肉だけじゃなくて、米も野菜もお菓子《かし》もジュースもあるからな。

それでも休むことなく歩けるのは日々の筋トレの成果だろう。

「ねぇ、怜太。聞いてもいい？」

　ふと、芹香が口を開いた。

「芹香が前置きするなんて珍しいね。何かな？」

　怜太がいつも通り柔《やわ》らかい口調で問い返す。ここも仲良さそうだな。

　などと呑気《のんき》に考えていたら、芹香の言葉は直球ど真ん中だった。

「もしかして、美織と付き合い始めた？」

　……それは、正直俺も気になっていたところだった。

　今日の二人の距離《きょり》感は明らかに近い。もちろん、たとえそうだったとしても何の問題もないというか、それは喜ぶべきことだ。当然だ。俺がそう思わない理由がない。

「……そう見えたかな？」

　怜太は薄く笑って問い返した。

「まあ、それなりに」

「ご想像にお任せするよ」

「あんたがそう言うってことは、まだ付き合ってないんだね」

　固唾《かたず》を呑んで、場の行く末を見守る。

　やがて怜太は、気を抜《ぬ》いたように苦笑した。

「正解。付き合ってないよ――まだ」

その言葉の意味するところは、流石の俺《おれ》でも理解できる。

一方、芹香は「ふうん」と、自分で聞いたくせに興味なさそうに呟いた。

七瀬が楽しそうに、「私も協力した方がいい？」と尋ねている。

怜太は苦笑したが、何も言わなかった。

……まあ、そもそも美織も怜太が好きなんだし、他人の協力は必要ないだろう。

つまりは時間の問題だった。

＊

コテージに戻ってバーベキューを開始した時には、もう夜になっていた。

広いテラスには元々何脚もの椅子とテーブルが用意されていて、真ん中にバーベキュー用のコンロのグリルが展開されている。すでに何枚もの肉が網《あみ》の上で焼かれていた。

じゅうじゅうと音を立てる肉を、今か今かと竜也が待ちわびていた。

このバーベキューセットは家主から借りたものだ。

元々、宿泊《しゅくはく》オプションとしてバーベキューができることになっている。

むしろ、テラスでバーベキューができると書いてあったからここにしたのだ。

「よっしゃ！　肉焼くだけなら俺に任せろ！」

「ご飯《はん》炊けたよーっ！　とりあえずひとり一杯《いっぱい》ずつね！」

「はい、紙皿と紙コップ配るよ。あ、これ焼肉のタレね。何種類か買ってきたから」

選択肢《せんたくし》は他にもあったが、この光景を見るとこれが正解だったと思う。

日が沈んで、周囲は暗い。鈴虫《すずむし》の鳴き声がよく聞こえる。コテージの中の灯《あか》りだけが光源だった。テラスの奥に行くほど暗くなって、みんなの顔が見えなくなる。

田舎《いなか》だからか、本当に周囲は真っ暗だ。俺や美織の地元は似たようなものだが、群馬の中では都会の方に住んでいる詩たちにとっては新鮮《しんせん》に感じるだろう。

テラスの入り口に座《すわ》る芹香が、持ってきたスピーカーで音楽を流し始める。

最初の曲はワンオクの『キミシダイ列車』だった。

詩と竜也がノリノリで歌いながら肉を焼いている。唾を飛ばすな。

都会なら近所迷惑だが、ここは周囲の建物と離《はな》れているから問題ないだろう。

「——もう食べなくていいの？」

テラスの奥で木の柵《さく》に背を預けていると、いつの間にか隣にいたのは星宮だった。

「お腹《なか》いっぱいだよ。そういう星宮は？」

「わたしも。食べすぎちゃった」

星宮は苦笑しながらお腹をさすっている。

やっぱりバーベキューは良い。肉も野菜も米も食いまくって満足した。

他の六人はいまだに肉を焼きながらぎゃあぎゃあと騒《さわ》いでいる。コーラしか飲んでいないくせに酔《よ》っているようなテンションだった。あの怜太すら大声で笑っている。芹香は表情こそあまり変わらないくせに態度はノリノリなので、そのギャップが面白《おもしろ》い。美織や詩は何が面白いのか知らないけどちょっと話す度に大爆笑《だいばくしょう》していて、七瀬が肉を焼いた端《はし》から竜也がひょいひょいと腹に運んでいる。あいつ何枚食べる気だよ。

星宮と二人、そんな光景を眺めていた。

唐突《とうとつ》に、右の掌《てのひら》に人肌《ひとはだ》を感じる。

わざわざ見るまでもなく、それは人の手だと分かった。

暗い中、俺の掌の形を確かめていたその手が、ぎゅ、と握ってくる。

隣の星宮を見る。星宮は俺を見なかった。ずっとみんなの方を眺めている。

俺たちのいる場所はテラスの奥で、とても暗い。コテージに近いみんなのことはだいたい見えているが、みんなから俺たちのことはぼんやりとしか見えないだろう。

手を繋《つな》いでいるなんて、近づかないと分からないはずだ。

どうすれば、いいだろうか。それが最初の感想だった。嬉しいとか、幸せだとか、そういう感情は後に来た。なぜか。分かっている。それは、俺が迷っているからだ。

ずっとこのままでいたい。細くて小さな手だ。今にも折れそうにも感じる。だから俺が守りたいと思った。ずっと、星宮の傍《そば》で、手を繋いで、歩いていきたいと思った。

それと矛盾《むじゅん》するような気持ちが、同時に、心の中で渦巻《うずま》いていた。

「……駄目《だめ》だな。ずるいよね、わたし」

ふと星宮はそう呟いた。

するり、と繋いだ手が解けていく。

問いかけのようで、独り言にも似ていた。

星宮の言葉の意味を考えていた時、足音が近づいてくる。

「……何してるの？」

意外なほど落ち着いた声音《こわね》だった。

顔を上げると、詩が優《やさ》しい表情で俺たちを見ている。

どう答えたものかと俺が迷っていると、詩は自分から口を開く。

「バーベキューは終わりにするって。タツが動けなくなっちゃったから」

「そりゃまぁ……あんだけ食ってたらな」

当の竜也は腹をさすりながら椅子《いす》にぐでーっと座っている。

「俺たちも戻るか。涼《すず》しくなってきたけど、やっぱり冷房《れいぼう》ないと暑いし」

「……そう、だね」

星宮は言葉少なに頷《うなず》いた。

……詩は俺たちのことを見ていたのだろうか。

あまりこちらを見ているようには、見えなかったけど。

「おーい」

俺たち三人がそんな会話をしていたタイミングで、芹香が近づいてくる。

「どうした？」

そう尋ねると、芹香は大きめのレジ袋を取り出す。

その中には、手持ち花火のセットが何個か入っていた。

「さっきスーパー行った時、こっそり花火買ったんだ。やろ？」

い、いつの間に、そんなものを……。道理でなんか荷物多いと思ったよ。

「え、花火⁉ 流石セリーだ！ 分かってるーっ！」

詩のテンションが露骨《ろこつ》に上がる。

……手持ち花火か。確かに青春って感じでとても良い。

むしろ、何で自分で思いつけなかったのか。めちゃくちゃ悔しい。

まだまだ俺の青春力は低いな……。

念のため電話で家主に確認《かくにん》すると、駐車場《ちゆうしやじよう》ならいいよと許可が出た。

俺たちは車で来たわけじゃないので、元々広いスペースがすべて使える。

「それにしても、真っ暗だな」

玄関《げんかん》から外に出ると、ほとんど何も見えない。

光源はテラスの窓ぐらいだ。一階の電気が僅《わず》かにこっちまで届いている。

テラスではいまだに竜也が苦しそうな顔で座っていた。まだ動けないのかよ。

その近くでは、七瀬が呆《あき》れたような表情で竜也を眺めている。

怜太と美織は、リビングのソファに座って雑談をしているようだった。

「あいつらはいいのか？」

「うん。見て楽しむから大丈夫だって」

ちょっと少ないが、まあ花火の本数もそんなにないからな。

「流石に暗くないか？」

「でも花火だし、きっと暗い方が映《は》えるよ？」

詩は器用にスマホのライト機能を使いながら、消火用のバケツを用意している。

なるほど、その手があったか。

「火属性魔法《まほう》、発動」

一方、ガスライターを持ってきた芹香が謎《なぞ》の宣言を呟きながら花火に火をつける。

花火の先から、火花が勢い良く線状に飛び出す。一般的《いっぱんてき》なススキ花火だ。

芹香はススキ花火を持ちながら、くるくる回転している。綺麗《きれい》だけど危ないぞ。

「ナツ！　こっち見て！」

詩はススキ花火を両手持ちしていた。「二刀流！」とはしゃいでいる。

「これってこうやるやつだっけ？　……って、わわわっ⁉」

ねずみ花火に火をつけた星宮が、びっくりして俺の肩を掴んでくる。

「そんなに驚《おどろ》くか？」

「お、思ったより勢いが凄くて……」

そう言った星宮は、はっとしたように俺の肩から手を離す。

手を繋いできた先ほどとは一転して、俺に触れることを避《さ》けるような動きだった。

……どういうことなんだろう？

ほとんど分からないが、少しだけ分かるような気がしなくもない。

ただ、勘違《かんちが》いだったら俺がとんでもなく自意識過剰《かじょう》ということになる。

……だけど普通に考えて、星宮が興味もない男の手を握るとは思えなかった。

じじじじ、と。

地面で火花を散らして暴れ回ったねずみ花火が、やがて勢いを失って鎮火《ちんか》する。

「まだまだ、もっとあるよ？」

芹香が買った花火セットは、いろんな種類の花火があった。

その中にはロケット花火もあり、夜空に打ちあがるさまは非常に綺麗だった。

いろんな花火を楽しんで、そろそろ終わりが近づいてきた頃《ころ》。

「ナツ、おいで」

しゃがんでいる詩が手招きしてくる。

近づいて俺もしゃがむと、詩は手元の花火に火をつけた。

ぱちぱちと、控《ひか》えめな火花が散り始める。詩の顔すらよく見えない暗闇《くらやみ》の中で、オレンジ色の光だけが一瞬《いっしゅん》だけ瞬《また》いては消え、それが何度も繰《く》り返されていく。

線香《せんこう》花火だった。

やがて火花の勢いは衰《おとろ》え、仄《ほの》かに光る火の玉だけが残る。

「……ナツは、もうすぐ誕生日だよね？」

詩がぽつりと呟いた。

同時に、火の玉がぽとりと地面に落ちる。

「よく覚えてるな」

「そりゃ覚えてるよ。好きな男の子の誕生日だよ？」

ストレートな言葉に驚いて、詩を見る。

暗闇の中で僅かに見える詩は、もう消えてしまった線香花火を眺めていた。

「ナツは誕生日プレゼント、何が欲《ほ》しい？」

「え、何だろうな。ぱっとは思いつかないけど……」

詩がくれるものなら、何だって嬉しいだろうなと思った。

「じゃあ、自分で考えるね。ナツがすっごく喜ぶものを用意するんだ」

「自分からハードル上げて大丈夫か？」

冗談《じょうだん》交じりに尋ねると、詩は答えた。

「……その分、ずっと、ナツのこと考えて決めるから」

ゆっくりと、自分の言葉を確かめるように。

「……俺は、幸せ者だな」

「……そうだよ。今初めて知ったの？」

あはは、と詩は柔らかく笑って、もう一本の線香花火を取り出す。

「これが最後の花火だね」

火をつけると、再びぱちぱちと火花が散り始める。

詩の隣にしゃがんだまま、その線香花火をじっと見ていた。

火の玉が地面に落ちるまで、俺も詩も何も言わなかった。

「終わっちゃった」

詩は、名残惜しそうに呟く。

「……終わっちゃったな」

花火は、どうしてこんなにも一瞬なんだろうか。

あんなに綺麗に輝《かがや》いているのに。

「……みんなもう片付け始めてるね！　あたしたちも手伝わないと！」

感傷に浸《ひた》る俺に対して、詩は明るい笑顔のまま、芹香たちのもとに合流した。

——花火の時間は終わりだった。

＊

その後、シャワーで汗《あせ》を流して。

寝《ね》るまでの間は、みんなでトランプやゲームをして過ごした。

大富豪《だいふごう》でなぜか七瀬が負けまくったり、人狼《じんろう》ゲームで芹香が異様な強さを発揮したり。

他にもウノとかコヨーテとか、さまざまなゲームをこなして盛り上がった。

「そろそろ寝ようか」

区切りをつけるように怜太が言った。

ソファでは竜也が大きないびきをかいて眠《ねむ》っている。

さっきまでウミガメのスープに参加していた美織も舟《ふね》を漕《こ》いでいた。

時計を見れば、だいぶ良い時間になっている。

「……そうだな」

俺は起きる気配のない竜也を抱《かか》えて二階に上がった。

芹香が眠そうな美織の手を引っ張り、女子陣《じん》の部屋に連れて行っている。

「おやすみなさい」

「ああ、おやすみ」

最後に七瀬と挨拶《あいさつ》を交《か》わして、部屋の扉《とびら》を閉める。

ベッドに寝転《ねころ》がると、思いのほか体が疲れていることに今更《いまさら》気づいた。

しかし、その眠気《ねむけ》は隣のベッドで寝ている竜也のいびきでかき消される。

怜太と同じ部屋にすればよかった……。
まあ、でも怜太は寝る時はひとりが好きらしいからなぁ。

＊

瞼《まぶた》を閉じて、どれくらいの時間が経《た》っただろうか。
いまいち眠れないままでも、時間は緩《ゆる》やかに過ぎていく。
眠れなくても、考えることはたくさんあった。いろいろなことを考えた。
やがて僅かに光を感じて、瞼を開く。
ベッドから降りて窓の外を見ると、日が昇《のぼ》る直前の空が綺麗だった。
「……散歩でもするか」
このまま目を瞑《つぶ》っていても、どうせ眠れない。
諦めて朝焼けの海でも見に行った方が有意義だろう。
部屋を出て、一階に降りる。
昨日の賑《にぎ》やかさが嘘《うそ》みたいに静かだった。
もう終わりだと思うと、名残惜しい。本当に楽しい旅行だった。

外に出る。まだ暗い空が少しだけ赤く染まっている。涼しい風が吹《ふ》いていた。

人気《ひとけ》のない道を進んでいく。段々と、空が茜色《あかねいろ》に染まっていく。

道の先に海が見えてきた。水平線の向こうで太陽が見え隠《かく》れしている。

太陽の光が海に道を作っていた。

今この時しか見ることのできない絶景だった。

せっかくの景色をもっと楽しむために、海へと近づいていく。

すると防波堤《ぼうはてい》の上に腰《こし》かけている人影《ひとかげ》があった。それは高校生ぐらいの少女だった。

「……星宮？」

声をかけると――星宮陽花里は、俺を見てびっくりしたように目を瞬かせる。

ゆるりと吹く潮風が、星宮の髪《かみ》を靡《なび》かせた。

「夏希くんも目が覚めちゃったの？」

「いや、俺は眠れなかったんだよ。だから諦めた」

「えっ、大丈夫？」

「まあ目は瞑ってたし、体力は回復したよ」

ちょっと心配そうな星宮に、腕《うで》の力こぶを作って元気アピールをする。

「それなら、いいけど……」

「朝焼けを見て、気晴らしをしようと思ったんだよ」

星宮の隣《となり》に座りながら、俺は言う。

日が昇るにつれ、朝焼けは徐々にその色彩《しきさい》を変えていく。見ていて飽《あ》きないな。

「わたしはね、海を見たら気が晴れるかなって思って」

星宮の方をちらりと見る。星宮はじっと海を見ていた。

「海、好きなんだ。大きくて、透《す》き通っていて、綺麗で、わたしの不安や暗い感情が洗い流されるみたいな気がして……本当に、ずっと見ていたいぐらいに」

旅行先の話で、海に行きたいと最初に言うぐらいだもんな。

あの小説を読んでいる時も、星宮が海を好きだということは伝わってきた。

「……ちょっと、書き直したくなってきたな。やっぱり、直接見ている時じゃないと出てこない表現ってあると思うんだ。今なら、きっと、もっと良い文章が書ける」

「すごいな、星宮は。俺はこの景色を見ても、綺麗だなって言葉しか出てこないよ」

「夏希くんの今の感情を、わたしの小説を読んでいるだけの人にも伝えたいの。もちろん完璧《かんぺき》に伝えることはできないと思うけど。少しでも、良いものにしたいから」

朝焼けに照らされるその横顔が綺麗だった。

ふと星宮は俺を見て、何かを思いついたようにくすりと笑う。

「意外と、涼しいね」

いたって普通《ふつう》の台詞《せりふ》だった。

俺も普通に返そうとして、奇妙《きみょう》な既視感《きしかん》に気づく。

「……日も出てないし、風があるからな」

実際には太陽が見え隠れしているものの、俺はそう言った。

それは星宮が書いた小説のワンシーンだった。

何度も何度も読み返したから、俺も一言一句逃《のが》さず覚えている。

物語の終盤《しゅうばん》。第三章『月が見える夜に』の山場。

少年と少女がお互《たが》いの想《おも》いをぶつけ合う。俺が一番好きなシーンだ。

「潮風だから、あんまり浴びてるとべたべたするかも」

星宮は、歌うように言葉を続ける。

「なぁ、俺は……君の力になれたのかな?」

だから俺も、少年の言葉をなぞった。

なぞっただけなのに、それはどうしてか俺の本音と重なった。

俺は、星宮の力になれたのだろうか。

星宮が前に踏《ふ》み出す勇気の一因になれたのだろうか。

「もちろん。君がいなかったら、わたしは何もできなかった」

星宮は小説通りに答えながら、じっと俺を見る。

その答えを聞いて、何となく安心した気分になる。

これが小説のワンシーンを演じるお遊びだと分かっていても。

面白いと思ったけど、お遊びはここで終わりだ。

なぜなら、今の俺たちと小説では、決定的に違《ちが》う部分がある。

小説では、満月の夜に海を見ている。その状況《じょうきょう》を利用する言葉があった。

だから、今の俺たちにはその言葉をなぞることはできない。

「ねぇ……夏希くん」

だからか、星宮は俺の名前を呼んだ。

小説に登場する少年の名前ではなく、俺の名前を。

そのまま、じっと俺の顔を見つめる。

本当に柔らかい微笑《ほほえ》みを湛《たた》えて。

何も答えられずに見惚《みと》れていると、星宮陽花里は告げる。

「――いつか、満月の見える夜に」

そう言って、星宮は防波堤の上から降りる。

ビーチサンダルで砂浜《すなはま》の上をざくざくと歩いてから、俺の方を見た。

「決めたよ、わたし。詩ちゃんには負けないから」

それがどういう意味なのか、流石の俺でも分かっていた。

本当は、今すぐ飛び跳《は》ねたいぐらい嬉《うれ》しくて、だけど、その気持ちを表現する資格がないことぐらいは理解している。優柔不断《ゆうじゅうふだん》な自分が嫌《いや》になって、それでも、こんな定まらない気持ちのまま何かを選ぶことは不誠実なんじゃないかと、俺はずっと考えていた。

でも、それは俺の逃《に》げ道《みち》だったのかもしれない。

この状態を続けることの方が、よっぽど不誠実だろう。

二人が俺の気持ちを察して、先に延ばしてくれたのは分かっている。

二人が、俺のことを想ってくれているのも、もう分かっている。

——だからこそ、俺は早急《さっきゅう》に決める必要があった。

朝焼けが終わり、空に太陽が昇る。

俺と星宮は暑くなる前に退散することにした。

……そうして、楽しかった旅行が、終わりを告げた。

▼終章　奇跡のような夏の終わり

夏休みの後半はあっという間に過ぎ去った。

みんなで夏休みの課題を消化したり、前橋花火大会にみんなで訪《おとず》れたり、普段《ふだん》は七瀬《ななせ》とバイト三昧《ざんまい》の日々を過ごしながらも、部活終わりの詩《うた》たちと合流して遊んだり、それから竜也《たつや》の家に寄ってスマブラ対決したり、とにかく充実《じゅうじつ》した毎日を過ごした。

八月二十八日には、詩から誕生日プレゼントをもらった。

それは、シンプルなネックレスだった。無駄《むだ》にゴテゴテしているわけではなく、最低限の装飾《そうしょく》にセンスを感じる。俺好みだった。きっと、そこそこ値段は張るだろう。

星宮《ほしみや》は、俺のために短編小説を書いてくれた。

しかも、その場で、俺の好みや望みを聞きながら。

それだけでも十分嬉しかったのに、星宮は足りないと思ったのか、お手製のクッキーを持ってきてくれた。表面は少しだけ不恰好《ぶかっこう》だったけど、星宮が俺のために作ってくれたというだけで嬉しかったし、それを差し引いてもクッキーは十分美味《おい》しかった。

そして、俺のために書いてくれた短編小説はとても面白かった。好きな作家が自分のために小説を書いてくれるなんて、オタクにとってこれほどの幸せはないだろうな。

やがて、夏休み最終日が訪れる。

なぜか美織《みおり》は最近ずっと俺の家に入り浸《びた》っていて、今日は俺のベッドに寝転がりながら最近流行《はや》りのラブコメ漫画《まんが》を読んでいた。それ面白いよな。

「……てか、美織。お前、俺ん家《ち》にいていいのか？」

「どういう意味？　まだ夕方だけど」

きょとんとした様子の美織。こいつ、何も考えてないのか？

「いや、時間の問題じゃなくて……ほら、これからのことも含《ふく》めた話だよ。あんまり俺の家に入り浸ってたら、怜太《れいた》の印象よくないんじゃないか？」

まあ俺ん家の居心地がいいのは分かるけど。

何しろ便利なパシリがいますからね。俺という名の。ハハハ。

「……そう、だよね」

美織は虚《きょ》をつかれたように呟《つぶや》いた。

「……じゃあ、今日はもう帰ろうかな」

その背中が妙《みょう》に小さく見える。

「いや、別に、来るなって言ってるわけじゃないぞ？　ただ、俺は——」

「分かってるよ」

美織は俺の言葉を遮《さえぎ》るように言う。

「私のことを気遣《きづか》って、言ってくれたんでしょ？　その通りだと思う。まだ付き合ってないとはいえ、配慮《はいりょ》に欠けてたのは私だ。……今のあなたにも、迷惑だよね」

そういうわけじゃない、と俺は断言できなかった。

美織と一緒《いっしょ》にいるのは楽しい。美織が家に来てくれるのは嬉しい。

だけどあの二人の気持ちを保留している俺が、美織と二人きりでいるのはよくないとは思っていた。その考えが、今の発言に含まれてないとは言い切れなかった。

「……ていうか、なんでまだ付き合ってないんだ？」

だから、美織の最後の言葉には触《ふ》れない。

「もう一押《ひとお》しすれば、すぐ付き合えるような状態だよな？」

美織ならもう、怜太がその気になっていることぐらいは察しているだろう。

海の旅行中も、仲良さそうに二人で話している場面が多かった。怜太も美織も奥手《おくて》なタイプとは程遠《ほどとお》いし、あの距離感で、なぜまだ付き合っていないのか、不思議だ。

美織はうつむきながら、ぽつりとつぶやいた。

「……そう、だよね。おかしいよね」

奇妙な沈黙《ちんもく》が訪れる。

なぜか場の空気が重苦しかった。

……何か、俺は間違《まちが》えたのだろうか。そんな予感がした。

「よし、決めた」

美織はベッドの上で立ち上がり、宣言する。

いつも通りの笑顔《えがお》で、さっきの重苦しい沈黙が嘘みたいに。

「私、怜太くんに告白するね。最近ちょっと慎重《しんちょう》になっちゃってたけど、そんなの私らしくないし……ここでちゃちゃっと勝負を決めて、幸せになります！」

美織は気合いを入れるように、「えいえいおーっ！」と拳《こぶし》を天に掲《かか》げる。

そんな美織の様子を見て、俺は美織に自分の拳を向ける。

「――頑張《がんば》れ、美織。俺も応援《おうえん》する」

俺もお前の幸せを祈《いの》っている。お前の幸せが俺の幸せだ。

いつも俺を助けてくれるお前のことを、本当に大切だと思っているから。

美織の望みが叶《かな》うといいな。

「――うん」

こつん、と。

美織は拳を合わせてくれた。

「……あなたも、そろそろちゃんと決めなよ？」

だけど、どうしてだろう。

確かに笑っていたはずなのに。

美織の表情が、一瞬だけ泣きそうに見えたのは――。

＊

夏休みが終わり、九月に入った。

残暑が続く秋の始まり。学校が始まって、いつも通りの日常が帰ってくる。

「夏希《なつき》、ちょっといい？」

昼休みに廊下《ろうか》を歩いていた時、俺に声をかけてきたのは芹香《せりか》だった。

いつも通りの真顔で、芹香は淡々《たんたん》と尋《たず》ねてくる。

「私と一緒に、バンドやらない？」

「は、はい……？」

楽しかった夏は忘れられない思い出となり。

そして木々の緑が黄色く染まり始める頃に、新しい青春が始まる。

最も重要な青春イベント（俺調べ）と名高い、文化祭の時期が近づいていた。

「——本気だよ。私たちの音楽で、この世界を変えよう？」

あとがき

夏は青春の季節なので、とりあえず海と水着と花火とバーベキューを全部乗せ、ついでに家出も追加しておきました。家出からのお泊りは最高に青春ですよね？　ね？

お久しぶりです。雨宮和希《あまみやかずき》です。

さて、三巻は夏の物語でした。メインとなるのは星宮陽花里《ほしみやひかり》。今まで可愛い部分は見せつつも内心は掴めなかった星宮の解像度が上がったんじゃないかと思います。

これからも（自称）学校のアイドルこと星宮陽花里をよろしくお願いします。

今回のテーマは『将来の夢』と『家族』です。二巻に引き続き、夏希《なつき》自身が直面するわけではないため、立ち位置は難しいところがありました。特に中盤は、いかに夏希を絡ませようかと悩んでいたところ、なんか星宮が家出してきました。びっくりです。

というわけで三巻、いかがでしたでしょうか。

せっかく夏休みになったので話の軸を学校関連から遠ざけてみました。それでいて、誰もが共感するようなテーマを、できるだけ丁寧に描きたいと考えていました。

実際のところ、明確な将来の夢がある高校生は珍しいかもしれません。ただ、私の友達には何人かいました。やりたいこともなく、無難に大学進学かなぁと漠然と考えていただけの私は、そういった将来を見据えている人を尊敬していたことを覚えています。

今回、星宮の物語を描くにあたって、自分自身のことを振り返りました。

そういえば小説家になりたいと思ったことはないな、と、ふと気づきました。

小説家になってからは、ずっと小説家で在りたいと常々思っております。

初めて小説を書いたのは高校一年生の時でした。特別な理由はありませんでした。

面白い小説を読んで、私もこんな風に面白い小説を書きたいと思いました。

昔から頭の中には表現したい空想がたくさんあって、それを文章として出力する作業の楽しさに気づきました。同時に、とても難しくて、奥が深いことにも気づきました。

どういうコンセプトがあれば、どういうキャラクターがいれば、どういう展開構造にすれば、どういう表現にすれば、読者が惹きつけられる物語になるのだろう。

あの日、とても面白い小説を読んで、面白い小説を書きたいと思ったように。

私も誰かの原動力となれるような力のある小説を書きたい。

飽き性の私が今日に至るまで小説を書き続けていられる理由は、そんな風に『面白い』を追求する作業が、本当に楽しかったからだと思います。

初めて小説を出版することが決まったのは大学一年生の秋です。

当時は趣味でネット小説を書いていただけだったので、書籍化しないかなぁとふんわり思ってはいましたが、本当に出版できるとは思ってもいませんでした。

人生何があるか分かりません。先のことを考えず刹那的に生きているので……。

ただ、面白い作品を書きたいという衝動は、当時から変わっていないと思います。

だから小説家を目指す星宮陽花里の本質も、多分そこにあるような気がします。

謝辞に移ります。担当のNさん、今回も「〆切？　何だそれは……？」と言わんばかりの進行、誠に申し訳ございません……。イラストレーターの吟《ぎん》さん、今回も素晴らしいイラストの数々をありがとうございます。水着イラスト、みんな最高に可愛い……。

また関係者の皆様、読者の皆様にも、感謝を。いつもありがとうございます。

さて、次は文化祭編です。彼らの音楽は、誰かの心に届くのでしょうか？

haibarakun no tsuyokute
seisyun newgame
灰原くんの強くて
青春ニューゲーム4
夏休みでの出来事により
急激に仲を深めた夏希と陽花里。
詩も含めた三角関係に決着を
付けなければと密かに悩む夏希だが、
そこへ一人の少女が誘いをかける——
「私たちの音楽で、世界を変えよう」——
季節は秋——文化祭が、近づいていた。

次回予告
2023年春、
発売予定!!!!
NewGame+ START?
▶Yes No

HJ文庫 https://firecross.jp/
1041

灰原くんの強くて青春ニューゲーム3

2022年11月1日　初版発行

著者――雨宮和希

発行者―松下大介
発行所―株式会社ホビージャパン

〒151-0053
東京都渋谷区代々木2-15-8
電話　03(5304)7604（編集）
03(5304)9112（営業）

印刷所――大日本印刷株式会社

装丁――coil／株式会社エストール

Printed in Japan

ISBN978-4-7986-2984-1　C0193

ファンレター、作品のご感想
お待ちしております

〒151−0053　東京都渋谷区代々木2−15−8
(株)ホビージャパン HJ文庫編集部 気付
雨宮和希 先生／吟 先生

アンケートは
Web上にて
受け付けております

https://questant.jp/q/hjbunko

- 一部対応していない端末があります。
- サイトへのアクセスにかかる通信費はご負担ください。
- 中学生以下の方は、保護者の了承を得てからご回答ください。
- ご回答頂けた方の中から抽選で毎月10名様に、
HJ文庫オリジナルグッズをお贈りいたします。